前言

自討苦吃的選擇

有一句金言說，真正的紳士，不提已分手的女人和已繳的稅——這完全是一句令人臉紅的大謊言。是我剛剛才隨便捏造的。對不起。不過，假定真的有這麼一句話，那麼「不談健康法」，或許也是紳士的條件之一。確實真正的紳士應該不會在人前饒舌大談自己的健康法。我覺得。

當然大家都知道，我不是一個真正的紳士，所以也不必一一去介意這種事，雖然如此，還來寫這種書，真有點不好意思。很抱歉，聽起來像在找藉口，不過，這雖然是一本跑步的書，卻不是關於健康法的書。我不是在這裡大力主張：「來吧，大家每天來跑步讓身體健康起來。」只不過是把持續跑步對我這個人是一件什麼樣的事情，重新仔細思考，或自問自答而已。

毛姆寫過「任何刮鬍刀都有哲學」，可能是說，不管多麼無聊的事情，只要每天持續，其中都會產生某種類似觀照的東西吧。我也打心裡贊同毛姆的這種說法。因此以一個搖筆桿的人，和一個跑者的身分，寫一點有關跑步的個人性文章，印出來發表，應該不算太離經叛道的行為。或許該說自己的性格很麻煩，我是一個不把事情化為文字就沒辦法好好思考的人，因此要考察自己跑步的意義，就不得不像這樣試著實際動手寫成文章了。

有一次我在巴黎的飯店房間裡，躺著看《國際前鋒論壇報》時，偶然讀到一篇有關馬拉松跑者的專題報導。記者採訪幾位著名馬拉松跑者，問到他們在跑步途中，為了鞭策激勵自己，會在腦子裡唸一句什麼樣的箴言，真是個意味深長的企劃。我讀了之後，發現大家真的都是一面想著各種事情，一面在跑42・195公里的啊，覺得真佩服。可見全程馬拉松是一種多麼嚴酷的競技。如果不一面唸著箴言，實在跑不下去。

其中有一個人說，從開始跑步以來，我每次比賽腦子裡都一直在反芻著我哥哥（也是馬拉松跑者）教我的一句話。"Pain is inevitable. Suffering is optional." 這是他的箴言。正確的語意很難翻譯，不過如果要簡單翻，就是

「痛是難免的，苦卻是甘願的。」（可以自己選擇要不要承受，也就是歡喜甘願的。）例如跑的時候覺得：「啊，好難過，不行了，」這「難過」是無法避免的事實，然而是否「不行了，」卻完全看自己的衡量判斷。我覺得這句話，簡單扼要地點出了馬拉松這種競技最重要的部分。

我開始想寫一本有關跑步的書，算算已經是十年前的事了，然而從此以後一直煩惱著這樣也不對，那樣也不對，沒有執筆就讓歲月溜過去了。雖然說起來「跑步」只是一句話，但主題未免太籠統，到底要寫什麼？如何寫才好？想法很難整理出來。

不過有一次忽然想到：「就把自己所感覺到的事情、想到的事情，試著從頭開始直接坦白地，寫成像自己的文章吧。總之只能從這裡開始。」從2005年的夏天起就以寫作的方式一點一點開始寫，2006年的秋天寫完。雖然有一部分引用過去寫的文章，大部分是直接記錄我「現在的心情」。老實寫出關於跑步的事情，也等於是老實寫出我這個人（某種程度）。寫到中途才發現是這樣。所以，我想也不妨把這本書當成以跑步行為為軸心的一種「回憶錄」或「手記」來讀。

在這裡就算還不到「哲學」的地步，我想多少含有某種類似的經驗法則。可能沒什麼了不起，但至少是我靠著實際運動自己的身體，透過自己的選擇甘願承受痛苦，極其個人性地學到的東西。可能不太有什麼廣泛的適用性。不過不管怎麼說，這就是我這個人。

2007年8月某日

目 錄

001　前　言—自討苦吃的選擇

011　第1章—2005年8月5日　夏威夷州可愛島
誰能笑米克・傑格？

035　第2章—2005年8月14日　夏威夷州可愛島
一個人如何變成一個跑步的小說家？

061　第3章—2005年9月1日　夏威夷州可愛島
盛夏在雅典第一次跑42公里

083　第4章—2005年9月19日　東京
我寫小說的方法，
很多是從每天早晨在路上跑步中學來的

103　第5章——2005年10月3日　麻州劍橋
就算當時，我留著長長的馬尾巴

121　第6章——1996年6月23日　北海道薩羅馬湖
誰都不再敲桌子，誰都不再摔杯子

143　第7章——2005年10月30日　麻州劍橋
紐約之秋

157　第8章——2006年8月26日　神奈川縣海邊的一個地方
到死都是18歲

175　第9章——2006年10月1日　新瀉縣村上市
至少到最後都沒有用走的

199　後　記——在全世界的路上

關於跑步
我說的其實是……

第1章

2005年8月5日 夏威夷州可愛島

誰能笑米克・傑格？

今天是2005年8月5日，星期五。在夏威夷州的可愛島。北岸。天空晴朗透明到令人吃驚的地步。藍天沒有一片雲。目前連所謂雲這概念的暗示都沒有。我7月底來到這裡。就像以前那樣在這裡租了公寓，趁早晨還涼快的時候在書桌前工作。例如今天正在寫的這篇針對跑步自由發想的文章。現在因為是夏天所以當然熱。大家都說夏威夷是常夏之島，但畢竟位於北半球，所以還是有四季之分。夏天（相對）比冬天熱。但是和住在麻州劍橋磚造房子裡，那種像受到拷問般的悶熱比起來，這裡的舒服就簡直像天堂。而且這裡不需要冷氣。只要打開窗戶，涼爽的風就會自己吹進來。劍橋的人聽說我8月要去夏威夷過，一律驚訝地說：「大夏天的，特地跑到那樣熱的地方去，你有沒有搞錯？」不過他們不知道，從東北方不斷吹來的信風，使得夏威夷的夏天很涼快。成天在酪梨樹涼爽的樹蔭下安靜讀書、心血來潮就可以跳進南太平洋入海口去游泳的生活，真是幸福。

到了夏威夷之後，我也每天都不問斷地持續跑步。除了不得已的情況之外，自從重新開始一天也不休息的跑步生活之後，差不多快兩個半月了。我把「一匙愛樂團」的"Daydream"和"Hums of the Lovin' Spoonful"這兩張專輯錄成一片MD放進隨身聽，一面聽一面跑1小時10分鐘。

這個階段要耐心累積跑步距離，所以跑的時間成績不是重點，只要默默花時間跑長距離就行了。如果想跑快的話也可以加快速度，不過就算提高速度縮短時間，也要留意讓身體把現在所感到的舒服心情帶到明天。這就和寫長篇小說是同樣的要領。在好像可以繼續寫更多的地方，乾脆停筆。這樣一來明天開始寫就會比較輕鬆。我記得海明威也有過類似的說法，要繼續下去——不要讓節奏中斷。對長期作業來說，這點很重要。節奏一旦設定好，以後事情就好辦了。但是在慣性輪以一定的速度開始確實轉動起來之前，得花許多心思去注意這部分才能持續下去。

正在跑著時就算短暫地下一陣雨，那雨也只是恰好能讓身體涼快一點的程度。厚厚的雲從海上飄來籠罩在頭頂，下一陣細細的雨，像在說「有一點急事」那樣，之後便頭也不回地走掉了。然後像平常那樣毫不保留的太陽，又再燦爛地普照大地。很容易了解的天候。看不到難解性和雙重意義，既沒有比喻也沒有象徵。我在途中遇到幾個慢跑者，男女人數大約相同，踏著大地、迎著風跑的精神飽滿的跑者，看起來就像被一群夜盜從後面追趕著似的。也遇到過半睜著眼睛，呼呼喘著大氣，一面放鬆肩膀的力氣一面很辛苦地跑著的肥胖跑者，或許一星期前才剛剛做過糖尿病檢查，主治醫師交代必須每天加強運動也不一定。我自己則介於中間那一帶。

一匙愛樂團的音樂不管何時聽來都那麼美好。是那種不會沒必要地自我炫耀的音樂。聽著這樣心平氣和的音樂時，1960年代中期發生在我身上的各種事情的記憶，便一點一點地醒過來。全都不是什麼了不起的事。如果要拍我的傳記電影（光想到就覺得可怕），在剪接階段就會全部被剪掉的那種程度的東西。會說：「這個插曲沒有也沒關係。雖然不錯，不過太普通。」對，都是些微不足道、到處可見的小事情。不過以我來看，倒也自有意義，還是有用的回憶。一面東想西想之間，或許會不知不覺地微笑起來，或顯得面有難色。而我——就是在這種到處可見的事情累積之下——現在來到了這裡。來到可愛島的北岸。想到人生，有時候會覺得自己只不過像被海浪沖上沙灘的一根漂流木而已。從燈塔方向吹來的信風，把頭上的尤加利樹吹得沙沙作響地搖著。

今年5月底，住到麻薩諸塞州的劍橋之後，跑步再度成為我日常生活的一根主軸。我相當認真地跑著。我所謂「認真地跑」，以具體數字來說，是指每星期跑60公里。也就是每周六天，一天跑10公里的意思。本來應該每星期七天，每天跑10公里才對的，不過因為有些日子會下雨，有些日子工作太忙沒辦法騰出時間，也有覺得今天太累了不想跑的情況，所以預先設定每週大約有一天「休息」的日子。因此每週60公里，一個月大約260公里，這樣的數字對我來說，才可以算是「認真地跑」的基準。

6月依照這算法，剛好跑了260公里。7月距離再拉長，跑了310公里。每天扎實地跑10公里，每週一次的休息取消，照跑。當然並不是每天正確地跑10公里，也有昨天跑15公里，今天只跑5公里的情況。平均一天跑10公里的意思（以慢跑的步調跑的話，跑一小時大約就有10公里）。這對我來說，就算是相當「認真」跑的水準了。來到夏威夷之後，也保持著這一天10公里的步調。好久沒有能夠像這樣持續保持跑這樣長的距離了。

新英格蘭夏天的嚴酷，是遠超出沒有體驗過的人的想像之外的。偶有涼快舒服的日子，但多是熱得難以忍受的不愉快日子。如果有風的話還好，一旦風停了，從海面吹來的霧氣般的濕氣，就會變成濡濕的薄布般纏在身上。

沿著查爾斯河跑一小時的話，簡直就像被一桶水從頭上澆下來一般，身上穿的衣服全被汗水濕透，皮膚被太陽曬得火辣辣地疼，頭開始昏昏沉沉，沒辦法好好想任何事情。雖然如此還是努力跑完時，就會像把身體裡面的一切的一切都擠出來了似的，產生幾分豁出去的爽快感。

為什麼從某一個時間點開始變成沒辦法「認真地」跑了呢？這可以舉出幾個理由。第一，人生逐漸變得忙碌，日常生活中有時候沒辦法騰出那麼多自由時間了。並不是說，年輕時候時間要多少有多少，不過至少沒那麼多雜事。所謂雜事這東西，不知道為什麼好像會隨年齡的增長而增加。此外，自己逐漸對鐵人三項比馬拉松更熱心了也有關係。正如您所知道的那樣，鐵人三項除了跑步之外還有游泳和騎自行車的部分。我本來就是個跑者，所以對跑步不會感覺吃力，但是要熟練另外兩項競技，則有必要做相當的訓練才行。游泳姿勢從初步開始矯正，自行車也要學習騎乘技術，調整這方面的肌肉運用。這是很花時間和功夫的作業。因此，分給跑步的時間自然削減了。

不過沒有那麼熱心跑的最大理由，可能是我從某個時間點開始對「跑步」

這個行為有一點膩了吧。從1982年秋天開始跑，我持續跑了將近二十三年。幾乎每天都在跑，每年至少跑一次全程馬拉松（算起來到目前為止跑了二十三次），此外還在世界各地參加過無數次、各種長短距離的賽跑。跑長距離本來就符合自己的性格，只要跑著就覺得很快樂。跑步這件事，應該算是我過去的人生中後天學到的無數習慣中最有益、且意義重大的事情。由於二十幾年來不斷跑步的結果，我的身體和精神大體上已經往好的方向強化和形成。

我不是一個適合團隊競技的人。這無關好壞，只是天生的本性。參加足球或棒球比賽時（雖然除了小時候之外，實際上幾乎沒有這種經驗），每次都覺得有點不舒服。也許沒有兄弟也有關係，我對於要和別人一起做的遊戲，總是沒辦法很投入。此外對於像網球之類一對一的對抗運動也不擅長。雖然喜歡回力球這種競技，不過一旦要比賽時，不管打勝或打敗總是無法鎮定下來。也不擅長對打的格鬥競技。

當然我並不是沒有爭勝好強的心。只是不知道為什麼，從以前開始就對以別人為對象的勝負之爭，不太起勁。這種性向長大以後也大致沒變。不管任何事情，無論勝負，都不太在意。相反地，對於自己所設定的基準能不能達成則很關心。在這層意義上，長距離跑步是完全吻合我個人心理狀態的運動。

跑過全程馬拉松就會知道，在比賽中勝過或敗給某個特定的人，對跑者來說並不是重要。當然如果是要奪得優勝好成績的頂尖跑者，要凌駕眼前的對手確實是重要課題，但對一般市民跑者來說，個人勝負並不是很大的重點。其中或許有人是以「不想敗給他」的動機在跑，而且這也可能成為他練習時的一種鼓勵。不過假定那位特定對手因為某種原因而無法參賽時，這個人參加比賽的動機就消失（或減半）了，如果是這樣就沒辦法長久當一個跑者。

一般跑者多半會預先設定「這次要以這樣的時間跑完」的個人目標來向比賽挑戰。如果能在那時間內跑完，他或她就「達成目標」，如果沒辦法跑完，就「沒有達成目標」。即使沒有在時間內跑完，也有已經盡力的滿足感，只要產生下次再繼續的積極感受，或類似某種重大發現般的東西，也可以算是一種成就吧。換句話說，跑完之後是否能感到自豪（或類似自豪），對長距離跑者來說便成為很重要的基準。

同樣的道理，在工作上也通用。小說家這種職業——至少對我來說——沒有勝負之分。雖然也許發行冊數、文學獎、評論的好壞可以成為一種成就的指標，但那並不能算是本質上的問題。寫出來的東西能不能達到自己所設定的基準，比什麼都重要，而且是無法隨便找藉口的事情。對別人或許可以想辦法適度說服，但對自己的內心卻絲毫也無法蒙混。在這層意義上，寫小說和跑馬拉松很類似。基本上，對創作者來說，動機是確實在自己心中安靜存在的東西，不應該向外部求取什麼形式或基準。

跑步對我來說既是一種有益的鍛鍊，同時也是有效的隱喻（metaphor）。我每天一面跑步，或累積參加比賽的次數，一面提高達成基準的高度，藉著能夠達成目標，以提升自我。至少有立志提高，為此而每天努力著。我當然不是什麼了不起的跑者，以跑者來說水準極平凡——或者該說是平庸吧。不過這也完全不重要，重要的是能夠稍微超越一點昨天的自己。所以要說長距離賽跑得有挑戰的目標或對象的話，那應該就是過去的自己。

但是年過四十五歲前後時，這種自我審查的系統卻開始逐漸產生變化了。簡單說，比賽所跑出的時間沒辦法再進步了。考慮到年齡時，這也是沒辦法的事。每個人在過了人生的某一個時間點後，必然要迎接體能高原期。當然有個人的差別，然而通常的情況，游泳選手是在二十幾歲的前半，拳擊選手在二十幾歲的後半，棒球選手在三十幾歲的中期，就會跨過眼睛看不見的「分水嶺」，沒辦法閃開那個就穿過去。我有一次問一位眼科醫師：「世界上有沒有人不會老花眼？」他覺得很好笑地笑著回答說：「我還沒看過那種人。」就跟那一樣（可喜的是藝術家的巔峰，因人而異，例如杜斯妥也夫斯基在六十年人生的最後幾年才完成《附魔者》和《卡拉馬助夫兄弟們》——這部擁有最重要意義的長篇小說。義大利作曲家史卡拉第〔Domenico Scarlattiu〕一生創作了五百五十五首鍵盤用的奏鳴曲，而大部分是在他五十七歲到六十二歲之間寫出來的）。

以我的情況來說，在四十幾歲後半遇到跑者的巔峰期。在那以前全程馬拉松以3小時半的標準跑著。正好1公里跑5分鐘，1英里8分鐘的步調。有時候短於3小時半，有時候超過（超過的時候居多）。不過可以大約在那樣的時間裡順利地跑完。就算感覺這次有點失敗時，也能在3小時40分左右跑完。有時幾乎不怎麼練習，或者身體狀況差一點時，也不至於超過4小時。那個時期就像安定的台地那樣持續了一段期間。然而不久之後風雲的走向卻開始起了變化。就算和以前一樣作過練習，想保持3小時40分跑完卻漸漸吃力了。1公里變成需要5分半鐘的步調，終於接近4小時的底線。這是不小的打擊。到底怎麼了呢？我不願意把這想成是年齡的關係。因為在日常生活上，還完全沒有實際感覺到自己肉體上的衰退。然而無論怎麼否定、忽視，數字一步又一步地後退著。

可能正因為跑全程馬拉松的時間變得不如理想了，我開始把目光轉向比全程馬拉松更長距離的跑步上。開始關心起像超級馬拉松、或回力球等別種運動。我開始想：「光是跑步的話身體可能會變形。不如配合其他競技，塑造更具整體性的身體比較好。」

跟著私人教練把游泳姿勢從基本動作開始調整，可以更輕鬆地比過往游得快。肌肉順利地接受了新的環境，體型眼看著也起了變化。然而，另一方面跑全程馬拉松的時間卻像退潮那樣，緩慢而確實地繼續退步。跑步已經不像以前那樣感覺輕鬆愉快了。在我和「跑步」之間，和緩的倦怠期來臨。其中包含有努力卻得不到相應回報的失望感，應該是開著的門不知道什麼時候卻已經關上了似的封閉感。我把這稱為"runner's blue"（跑者的憂鬱）。至於是什麼樣的憂鬱，容我以後再詳細說明。

不過離開十年之後再回到劍橋這個城市來（上次住在這裡是從1993年到95年的兩年間。當時是柯林頓任職總統期間），當眼前看到查爾斯河的時候，卻沒來由地升起了「好想跑步」的心情。說到河流這種東西，除非有重大改變否則看起來都一樣，查爾斯河看來尤其一模一樣。歲月流逝了，學生的臉也換過了，我多了十歲，名副其實地已經有許多水從橋下流過。雖然如此，河流本身卻幾乎絲毫沒改變，依舊保留著以前的樣子。滔滔流水，正朝波士頓灣無聲地流去。那水浸透河岸，讓岸上綠色的夏草旺盛成長，養活許多水鳥，穿過石砌古橋下方，河面映出夏日的浮雲（冬天水上還有浮冰），河水不急、也不稍停地，像通過許多檢驗依然不動搖的觀念那樣，只是默默地朝海流去。

把日本帶來的行李整理過、辦完各種事務手續，一等把生活場所安置在這裡後，我就再度開始熱心地跑起來了。胸中一面吸進清晨新鮮的空氣，一面踢著跑慣的地面跑起來的喜悅，又在生活中復甦了。鞋子的聲音、呼吸的聲音和心臟跳動音交織，形成獨特的合成韻律。查爾斯河就像是划船聖地般的地方，總有人在那裡划著船。我彷彿跟船上的人比賽般地跑著。當然大多的情況還是船快。不過如果是朝上游慢慢划的單人艇的話，有時則可以成為難分勝負的好對手。

可能因為劍橋是波士頓馬拉松的舉辦地點，這裡是跑者相當多的地方。沿著查爾斯河有連續不斷的慢跑用道路，只要有心想跑，就可以幾小時一直繼續跑下去。不過因為和自行車用的道路兼用，所以經常得顧慮從背後快速騎過來的自行車。還有些地方路面有坑洞，所以也必須注意不要跌倒。遇到時間長的紅燈阻擋，必須等候也很掃興。但除此之外，這一帶有非常令人愉快的跑步路線。

跑步的時候我多半聽搖滾樂。偶爾也聽爵士樂。不過考慮到配合節奏時，以伴跑音樂來說，我覺得搖滾樂好像最適合。像嗆辣紅椒合唱團、街頭霸王、貝克（Beck Hansen），或清水樂團、海灘男孩等古老的音樂。最好是節奏盡量簡單的。現在很多跑者都一面聽 iPod 一面跑，我卻比較喜歡用慣的MD。機體比 iPod 稍微大一點，資訊容量也少得多，但對我而言這樣就夠了。現在這個階段，我還不想被音樂和電腦綁住，就跟不願意被友情、工作和性事綁住一樣。

就像前面說過的那樣，7月我跑了310公里。有兩天下雨，兩天因為旅行沒有跑，另外還有一連幾天熱得讓人全身軟趴趴的日子。把這些全考慮進去，能跑310公里，對我來說已經是不差的成績了。一點都不差。如果說一個月跑260公里算是「認真跑」的話，那麼310公里就應該算是「賣力跑」了吧。隨著跑的距離拉長，體重也減輕。兩個半月減了7英磅，肚子周圍開始稍微聚集的贅肉也消失了。說到7英磅，等於3公斤強。請想像一下走到肉舖去買3公斤肉，然後提在手上走路回家的樣子。應該可以確實感覺到那重量吧。一想到過去身上居然掛著那樣的重量生活著時，心情就變得有一點複雜。在波士頓的生活，少不了生啤酒（山姆・亞當斯〔Samuel Adams〕的 Summer Ale）和 Dunkin' Donuts 甜甜圈，每天執著的運動還是很有用的。

像我這樣年紀的人，到現在才來寫這樣的東西，感覺有點愚蠢，不過為了明確陳述事實還是先把話說清楚好了，我的個性算是比較喜歡一個人獨處的。不，如果要形容得更正確一點，應該是一個人獨處也不太會感覺痛苦的個性。每天一小時或兩小時，跟誰都不說話地一個人跑步，四五個小時一個人面對書桌，默默地寫文章，都不會覺得難過或無聊。這種傾向，從年輕時候開始就一直存在了。與其跟別人在一起做什麼，我更喜歡一個人默默地讀書，或集中精神聽音樂。只要是一個人做的事情，我總是可以想出無窮的樂趣。

雖然如此，我年紀輕輕就結婚（二十二歲時結的婚），從那以後也逐漸習慣跟人一起生活了。出了大學後因為經營餐飲，也知道跟別人相處的重要性。親身體會到，獨自一個人是活不下去的——雖然這是理所當然的事情。結果，雖然多少採取了歪斜的形式，卻也慢慢學到類似社會性這種東西。現在回想起來，二十幾歲那十年間，我的世界觀改變了不少，人格也成長了不少。一面灰頭土臉地到處碰壁，一面學到活下去所需要的類似實戰性訣竅。如果沒有這十年相當艱難的生活體驗，我可能沒辦法寫小說，就算想寫也一定寫不出來。不過人的基本性格是沒那麼容易徹底改變的，想要一個人獨處的願望，還是經常不變地在我心中。所以一天就算只跑一小時，藉以確保只屬於自己的沉默時間，在我的心理衛生上就成為擁有重要意義的作業了。至少跑步時我可以不必跟誰說話，也可以不必聽誰說話。只要望著周圍的風景，只要注視著自己就行了。這是任何東西都無法取代的一段寶貴時間。

常常有人問起，我在跑步的時候，會不會想到什麼？問這種問題的人，大多是沒有長時間跑步經驗的人。而且每次被問到這問題時，我都會深入思考。是啊，到底我一面跑步一面在想什麼呢？老實說，我完全想不起來，自己過去一面跑步一面在想什麼。

天冷的日子，確實會想到關於冷的事情。天熱的日子，某種程度也會想到熱的事情。悲傷的時候，某種程度會想到悲傷的事。快樂的時候，某種程度會想到快樂的事。就像前面寫過的那樣，有時候也會毫無脈絡地想起以前發生過的事。有時候（這種事真的只有偶爾發生）腦子裡也會忽然浮現小說上的一點小創意。不過，實際上認真的事情幾乎什麼也沒想過。

我一面跑，只是跑著。原則上是在空白中跑著。反過來說，或許是為了獲得空白而跑的。在那樣的空白中，每每也會自然潛進一些思緒，這是當然的。因為人的心中是不可能存在真正空白的。人類的精神並沒有強到可以擁有真空，也無法保持一貫。話雖這麼說，進入跑步時我的精神中的那些思緒（念頭），畢竟只是空白的從屬物而已。那不是內容，只是以空白為軸所成立的思緒。

跑步的時候頭腦裡所浮現的思緒，類似天空的雲。各種形狀、各種大小的雲。飄過來，又飄過去。不過天空還是天空。雲只不過是過客而已。那都是會通過然後消失的東西。而且只有天空留下。所謂天空，是既存在同時也不存在的東西；既是實體同時也不是實體的東西。那樣模糊的容器的存在模樣，我們唯有照樣接受，只能完全接收。

現在，我已經是五十幾歲的後半了。年輕時真的無法想像所謂二十一世紀實際上真的來臨，想到有一天自己居然會變成五十幾歲，真是開什麼玩笑。當然理論上二十一世紀總有一天會來臨（如果沒發生什麼意外），那時候我就變成五十幾歲了，這是自然明白的道理，然而對年輕時的我來說，要想像五十幾歲的自己的模樣，簡直就像被人說「請具體想像一下死後的世界」一樣困難。米克・傑格（Mick Jagger）年輕時發過豪語：「到四十五歲如果還在唱〈滿足〉（Satisfaction），不如死掉算了。」但如今他過了六十歲，還在繼續唱著〈滿足〉，還有人嘲笑這件事。但我笑不出來。年輕時的米克・傑格無法想像自己四十五歲的樣子。年輕時的我也無法想像這種事情。我能笑米克・傑格嗎？笑不出來。我碰巧不是年輕又有名的搖滾歌手。不管我當時說過多麼愚蠢的話，誰也不會記得，因此也不會被引用。只不過這樣而已，不是嗎？

而今，我正置身於這「無法想像的」世界中。想到這裡也覺得很奇怪。在這裡的我這個人是幸福還是不幸？自己也分不清，不過我覺得這好像並不特別成問題。對我來說——或對其他人也一樣——上年紀是過去從來沒有過的第一次經驗，在這裡所體驗到的感情，也是第一次嚐到的感情。要是以前經驗過，就算只有一次，很多事情可以變得容易些，但正因是第一次所以沒那麼簡單。以我來說，現在這時候，就暫時保留不作判斷，先把眼前有的照樣接受，暫且帶著這一起活下去。就像對天空和雲和河流一樣。而且我覺得在這裡，一定有某種類似奇怪的東西存在著不會錯，換個想法，那未必完全沒有用處。

就像前面說過的那樣，在日常生活中或在工作領域中，和別人競爭優劣勝負，並非我想要的。這麼說好像在陳述無聊理論似的，不過正因為有各種人所以世界才能成立。別人有別人的價值觀，有配合那個的生活方式。我有我的價值觀，有配合這個的生活方式。這種差異在日常生活中就產生了細微的分歧，若干分歧的組合有時也會逐漸發展成巨大的誤解，甚至遭受到無故的責備。當然，被誤解或責備，絕對不是一件愉快的事。有時內心因此而受到深深的傷害。這是很難過的體驗。

不過隨著年齡的增長，會逐漸體認到，那樣的難過和受傷，在人生中某種程度也是必要的。試想起來，正因和別人有差異，人才能確立起所謂的自己，並繼續保持自立狀態。就我來說，因此才能繼續寫小說。唯有能在同一個風景中看出和別人不同的樣貌，感受到和他人不同的事情，選擇和別人不同的語言，才能繼續寫出特有的故事，並產生為數不少的人拿起來閱讀這樣的狀況。我是我，而不是別的什麼人，這對我是一種重要的資產。內心所受的傷痕，正是一個人在那樣的自立性中不得不向世界付出的當然代價。

基本上我這樣想，並以這樣的想法過著我的人生。在某個部分，至少從結果上來說，或許我是自願追求孤絕的。尤其對像我這種職業的人，就算程度有別，那也是無法迴避的道路。不過那種孤絕感有時就像從瓶子裡滿溢出來的酸那樣，在不知不覺間會腐蝕人心，把心不斷溶解。那是銳利的兩刃劍，在保護著人心的同時，也把心的內壁不斷細細地割傷下去。其實自己應該也知道（可能靠經驗得知）那樣的危險性。所以，我靠著不斷在物理上繼續運動身體，有時不得不靠著把自己逼到極限，以療癒、和對抗身上所懷的孤絕感。與其說是刻意的，不如說是憑直覺的。

更具體地說吧。

當受到某人無故的譴責時（至少我這樣想），或以為理所當然會被接受卻不被接受時，我會比平常多跑長一點的距離。藉著跑比平常長的距離，讓自己的肉體多消耗一點，且重新認識自己是一個能力有限的、軟弱的人。在最底部做肉體性的認識。然後比平常跑得多，讓自己的肉體確實強化，即使只不過是些微差別。如果生氣，就發在自己身上吧。如果不甘心就折磨自己吧。我向來都這樣想。能默默吞下的，就那樣全部往自己肚子裡吞，一直以來我都努力把那個（盡量大為改變形貌）放進所謂小說這樣的容器中，以故事的一部分釋放出來。

我不認為這樣的個性能被誰喜歡。或許有少數人會佩服（可能只有極少數），但難得會被喜歡。這樣一個缺乏協調性的人，一有什麼事情立刻就會想獨自躲進櫥子裡去的人，到底有誰會懷有好感（之類的感覺）呢？不過我想，一個職業小說家原理上就不可能被誰喜歡吧？我真的不知道。或許這種事情在世界的某個地方有可能。但應該不是普遍的事。不過至少對我來說，一個小說家經歷漫長的歲月繼續寫著小說，同時又能被誰個人性地喜歡，是相當少見的。感覺上好像被誰討厭、憎恨、蔑視，還比較自然。我並沒有意思說，被這樣對待會比較輕鬆，因為我還不至於以被人討厭為樂。

不過這又是另一回事了。還是來談跑步吧。

不管怎麼樣，我又再一次回到「跑步的生活」了。開始滿「認真地」跑，到現在甚至相當「賣力地」跑著。這對於迎接五十幾歲後半的我，到底意味著什麼呢？還不太清楚。應該有意味著什麼吧。可能不是什麼了不起的事情，可能沒有多少量，但應該是含有某種意義的。不過現在不管怎麼樣，只是一股勁地跑著而已。關於意義等，以後再來重新思考就行了（事後再來重新思考，是我的特技之一，這種技術隨著年齡增長而更加洗練了）。穿上跑鞋，臉上脖子上厚厚地擦上防曬油，把馬表設定好，出到門外，然後開始跑起來。臉上直接迎著信風，抬頭眺望雙腳併攏正掠過空中飛去的白鷺之姿，一面側耳傾聽著令人懷念的一匙愛樂團的音樂。

就算比賽的成績不再進步，那也沒辦法，一面跑一面忽然這樣想。自己也上年紀了，歲月不饒人。不能怪誰。這是遊戲規則。就像河流向外海繼續流出一樣。自己那樣的模樣，說起來只能以自然光景的一部分，原樣接受。這或許是不太愉快的事。結果所顯示出來的，性質或許不是特別令人高興。不過也沒辦法啊，我想。因為到目前為止的人生，我——就算不是很充分——也算相當快樂了。

我並不是一個頭腦多好的人，不是我自豪（又有誰能以這種事情自豪的？），我是那種只能透過自然肉體，透過手能觸摸到的材料，才能明確認識各種事物的人。不管做任何事情，都必須先轉換成眼睛看得見的形式，才能理解。與其說是屬於以智力，不如說是以肉體方式成立的人。當然多少也有一些智力。大概有吧。這種東西如果完全沒有的話，再怎麼樣也無法寫小說吧。但我並不屬於靠著在腦子裡建構純粹的理論或道理生存下去的類型，也不屬於以思想理論為燃料推進的人。而是屬於把現實的重擔加諸身體，讓肌肉筋骨發出呻吟（有時甚至是悲鳴），才能具體提高理解的尺度，才總算能「心服地認同」的類型。不用說，要一一踏過這些階段，並得出各種事物的結論很花時間，也很費工夫。有時花了過多的時間，才好不容易心服認同時卻已經太遲了，也發生過這種情況。不過沒辦法。因為我本來就是這種人。

想一想河流。想一想雲。但本質上，什麼也沒有想。我只是在自家製造的小巧空白之中，在令人懷念的沉默之中，繼續跑著。這是一件相當美好的事。不管別人怎麼說。

第2章

2005年8月14日　夏威夷州可愛島

一個人如何變成
一個跑步的小說家？

8月14日，星期日。清晨，我一面用MD聽著湯瑪斯（Carla Thomas）和瑞汀（Otis Redding）的音樂，一面跑了1小時15分鐘。下午在體育館的游泳池游了1300公尺，傍晚則到海邊去游。然後在哈那雷的街口附近一家叫做「海豚餐廳」的地方喝啤酒，吃魚料理。一種叫做walu的白肉魚。我請他們用炭火烤，澆上醬油。搭配青菜串燒。還附上大盤沙拉。

進入8月開始到今天為止剛好跑了150公里。

日常性地跑步是從很久以前開始的。正確說，應該是從1982年的秋天開始。那年我三十三歲。

在那之前不久，我在千駄谷車站附近經營一家爵士樂俱樂部似的咖啡廳。大學畢業後立刻（雖然因為忙於打工有些學分還沒修完，因此其實還算在學中）開始在國分寺車站的南口開店，在那裡營業了三年左右，因為租的店面大樓要改建，所以搬到東京市中心。雖然店面絕不算大，但也不小。放一台演奏型鋼琴，大體上可以勉強演奏四重奏。白天供應咖啡，晚上則成為酒吧。也提供一點基本的簡餐。週末舉辦現場演奏。這種店在當時還很希奇，因此客人陸續增加，生意也還算馬馬虎虎。

周圍很多人，似乎認為這種靠興趣來經營的生意不可能順利，預測不懂人情世故的我不可能有能力經營下去，然而他們卻猜錯了。老實說，我也不認為自己有才能經營。不過如果失敗就無路可走了，只好拼命地努力。勤勞堅忍有體力，這是我從過去到現在唯一可取的地方。以馬來說，我絕非賽跑型的馬，而是接近勞役型的馬。因為是受薪家庭的孩子，所以不太懂得生意之道，不過內人生在商家，大性中類似第六感的敏銳對我幫助相當大。不管是多麼優良的勞役馬，如果只有我一個人的話實在做不下去。

工作本身很辛苦。從清晨到半夜，做得累趴趴的。碰到各種棘手的事情，傷過很多腦筋，也經常失望透頂。不過在忘我地拼命工作之間，終於到了可以請得起幫手的地步。在迎接二十幾歲的末尾時，終於可以喘一口氣了。因為從可以貸款的地方盡量借了款，算一算還款來源大致不成問題時，終於有告一段落的感覺。總之為了生存下去，一直累到那時候為止，勉強從水面露出臉來呼吸，其他事幾乎什麼都不能想。好不容易攀上人生最陡峭的一個階段，到了一個稍微開闊一點的地方，能夠來到這裡，以後就算遇到什麼困難，總可以克服吧，有了這樣一點自信。深呼吸一下，慢慢轉身看看周圍，回頭看看走過來的路，開始思考接下來要前進的階段。三十歲就在眼前。已經到了不能稱為年輕的年代了。然後——連自己都沒有料到過——竟然想著來寫小說吧。

開始想寫小說的日期和時間，我可以明確指出。那是1978年4月1日的下午一點半左右。那一天，我在神宮球場外野席，一個人一面喝著啤酒一面看著棒球比賽。神宮球場在我住的公寓步行路程內，我從那時就一直是養樂多燕子隊的球迷。晴空萬里，沒有一片雲，風是暖和的，美好得沒得抱怨的春天裡的一天。當時的神宮球場外野還沒有椅子，斜坡上只有寬闊的草坪而已。我躺在那草坪上，一面飲著冰涼的啤酒，偶爾抬頭望一望天空，一面悠閒地眺望著比賽。觀眾——就像平常那樣——並不多。當季的開幕戰是養樂多隊在主場迎戰對手廣島鯉魚隊。我記得養樂多隊的投手是安田。一個矮胖型的小個子投手，投出非常難纏的變化球。帶頭的打者是戴普．希爾頓（才剛剛從美國來到的新面孔年輕外野手）在左打線打出球。球棒剛好打到快速球，尖銳響亮的聲音響徹整個球場。希爾頓快速奔向一壘，輕易到達二壘。就在那個瞬間，我想到．「對了，來寫小說看看。」我還記得晴朗的天空，和剛剛新長的綠色鮮嫩草坪的觸感，以及球棒的爽脆聲音。那時候，從天上靜靜飄下來什麼，而我確實地接到了。

我並沒有想當小說家的野心。以我來說只是單純地想要寫小說這種東西。在還沒有想寫什麼的具體印象之下，感覺到：「如果是現在的話，可能可以寫出什麼自己有感覺的東西。」回到家面對書桌，好了，來寫什麼吧，才發現我連一支像樣的鋼筆都沒有。於是到新宿的紀伊國屋書店去，買了一疊稿紙，和一千圓左右的寫樂牌鋼筆。做了小小的投資。

那是春天的事，到了秋天已經寫完四百字稿紙兩百頁左右的作品。寫完之後心情很爽快。完成的作品不知道該怎麼辦才好，因為像是一股作氣之下的產物，所以想試投文藝雜誌的新人賞看看。從投稿時並沒有影印留底來看，可能想到就算落選，原稿就那樣不知去向地消失也無所謂。那稿子就是如今以《聽風的歌》為名出版的作品。以我來說與其在意作品是否能出版，我更關心能不能寫得出來。

那年秋天，萬年戰敗犬的養樂多燕子隊居然獲得聯盟的優勝，進入日本系列決戰，打敗阪急勇士隊成為全日本冠軍隊。我一面非常興奮，一面走到舉辦系列賽的後樂園球場去幾次（養樂多球團沒想到居然會得冠軍，因此把自己的根據地神宮球場的使用權借給六大學棒球聯賽）。所以，那年秋天的事情我還記得很清楚。美好的晴朗天氣一直持續，是一個特別美麗的秋天。天空像要穿透般的晴朗，繪畫館前面的銀杏比平常更清晰地閃爍著金黃色。那對我來說是二十幾歲時代的最後一個秋天。

第二年的初春，「群像」的編輯部打電話來說：「你的作品進入最後決審階段」時，我已經完全忘記自己有參加新人賞這回事了。因為每天的生活實在太忙。乍聽之下還沒搞清楚是怎麼回事，「什麼？」這種感覺。不管怎麼說，總之那部作品獲得了新人賞，夏天出版了單行本。書獲得還可以的評價。我三十歲了，就在莫名其妙、毫無心理準備下，以新進小說家的姿態踏出了出道的第一步。雖然我也很驚訝，不過周圍的人一定更驚訝吧。

後來，我一面經營著店，一面寫完《1973年的彈珠玩具》這第二本不算很長的長篇小說。中間也寫了幾個短篇，還翻譯了費滋傑羅的短篇小說。《聽風的歌》和《1973年的彈珠玩具》獲得芥川賞提名，據說兩本都成為有力的候選，結果並沒有得獎。不過以我來說，老實說得不得獎都無所謂。如果得獎的話採訪和邀稿一定接踵而來，那樣可能會影響店的營業，我反而更擔心。

店還在經營（要記帳、檢查進貨、調整店員的排班表），自己也每天到櫃檯去調酒做菜，到深夜打烊關店，回到家才在廚房桌上寫稿子寫到睏為止，這樣的生活持續了將近三年。感覺好像比一般人多活了兩倍的人生似的。當然肉體上每天都很辛苦，一面寫著小說一面做生意，各種麻煩事紛紛而來。所謂的做生意是無法選擇客人的工作。不管什麼樣的客人來到（除非是很過分的對象）都不得不微笑低頭說：「歡迎光臨」。因此遇到無數不可思議的人，體驗到意想不到的奇怪經驗。在這種生活中，我坦然地、刻意地吸收著各種事物。大體上我想我是以積極態度去迎接新人生的展開，並接受那所給我的新刺激。

不過想要寫規模更大、內容更扎實的小說的心情逐漸轉強。剛開始的兩本小說《聽風的歌》和《1973年的彈珠玩具》，基本上是為了享受所謂寫這種行為而寫的作品，對於成果本身，我自己都不太滿意。因為是利用工作空檔的三十分鐘或一小時，這樣細碎切割的時間面對稿紙，以疲累的身體，以和時間賽跑般的姿態運筆疾書的，因此也不太能集中精神。這種零零碎碎的寫法，就算某種程度能寫出有趣的東西、新鮮的東西，卻無法寫出擁有深入內容的、有深度的小說。好不容易得到能以小說家的身分寫下去的機會（不用說，並不是誰都能得到這種幸運的），總希望能試著盡量做好，希望至少能完成一本自己都認為「可以」的小說——會出現這樣的欲望也是很自然的事情。也有「自己應該也能寫出更大作品」的想法。經過深思熟慮之後，決定暫時把店收起來，在一定的期間就專心來執筆寫小說吧。雖然在那個時間點，以一個小說家的收入還不如從開店得到的收入來得多，不過這方面也只好乾脆放棄了。

周圍很多人都反對我的決定，或是深表懷疑。「店好不容易總算上了軌道，你可以交給誰來經營，自己到什麼地方去盡情寫小說就行了，不是嗎？」他們都勸我。以世間一般的情況來說，這是合理的想法。而且當時可能很多人都沒有預料到，我能靠著當專業作家活下去。但是我無法聽從大家的勸告，我的個性是不管怎麼樣，如果要做一件事情，就一定要全面投入才能安心。隨便把店交給別人，自己則到別的地方去寫小說，這麼高明的事情我實在做不來。我必須使出全力全心投入其中，如果那樣還沒辦法做好的話，才甘心放棄。如果三心兩意地做而失敗的話，事後一定會後悔。

因此我不顧周圍人的反對，把店的權利全部讓出去，雖然有點臉紅，不過卻決定打著「小說家」的招牌活下去。我對妻子說：「總之希望能讓我自由兩年。如果還不行的話再到什麼地方去開一間小店也行。反正還年輕，可以重新來過。」她說：「好啊。」那時候貸款還有不少沒還清，心想總有辦法吧。那是1981年的事。我想試試看能做到什麼地步。

開始安定下來執筆寫長篇小說，為了收集資料，那年到北海道旅行了一星期。然後第二年4月，寫完長篇小說《尋羊冒險記》。因為沒有退路了，所以投入所有的力氣寫完。覺得好像連沒有的力氣都總動員了似的。是一部比《聽風的歌》和《1973年的彈珠玩具》要長得多，體積也大得多，故事性更強的作品。

寫完這本小說時，有一種自己的小說風格已經建立起來的感覺。而且全身上下也能體會到可以不顧慮時間地盡情面對書桌，每天集中精神地寫故事，是一件多麼美妙的事（又是多麼辛苦的事）。也得知自己心中還有尚未碰觸到的礦脈般的東西還沉睡著，產生了「這樣的話，以後應該還能以小說家的身分活下去」的預感。因此，後來並沒有發生「再到什麼地方去開一間小店」的事。雖然到現在，偶爾還會興起想到什麼地方去開一間小小的舒服的好店的念頭。

《尋羊冒險記》完全不被當時追求所謂「主流文學」的「群像」編輯部所喜歡，我記得受到相當冷淡的對待。我所想像的小說形貌，在當時（現在不知道怎麼樣了？）好像相當異端。不過讀者卻熱烈地歡迎這部作品，對我來說，也是最高興的事。我自己認為這本小說是我以小說家身分實質上的出發點。如果一面經營店一面繼續寫像《聽風的歌》和《1973年的彈珠玩具》那種感覺性的作品的話，或許早晚總會遇到困境，變成什麼也寫不出來也不一定。

然而，剛剛成為專業小說家的我，首先面臨的嚴重問題，就是維持身體的狀況。我的體質天生是不去管它也會逐漸發胖的，過去因為每天都激烈地做著肉體勞動，因此體重可以控制在安定狀態，然而自從開始從早到晚面對書桌寫稿之後，體力逐漸下降，體重則逐漸上升。因為要集中精神，因此菸也抽得過多。那時候一天要抽六十根菸。手指都變黃了，全身都是菸臭味。這怎麼樣都對身體不好。如果以後的漫長人生打算當小說家活下去的話，非找出能繼續維持體力，保持適當體重的方法不可。

真正開始每天跑步，我想是在寫完《尋羊冒險記》過後一段時間。大約在決心以專業小說家活下去的前後。

跑步有幾個優點。首先，不需要同伴或對手。也不需要特別的道具和裝備。可以不必去到特別的場所。只要有適合跑步的鞋子，有馬馬虎虎的道路，想跑的時候就可以盡情地跑。打網球就不能這樣。每次都必須去到網球場，而且需要有對打的夥伴。游泳雖然可以一個人游，但也必須找到適當的游泳池才行。我把店收掉後，因為想改變生活，便搬家到千葉縣的習志野，當時那一帶還是野草叢生的鄉下，附近沒有一個像樣的運動設施之類的地方。不過道路是有的。因為鄰近是自衛隊的基地，為了車輛進出而把道路鋪得很好。而且很幸運我們家附近就有日大的運動場，清晨可以在那400公尺的跑道上自由（應該說是擅自）使用。所以我的運動項目，幾乎毫不猶豫

——或者該說無可選擇——就選擇了跑步。

然後不久就戒菸。開始每天跑步之後，戒菸也成了自然之事。當然戒菸並不簡單，不過總不能一面抽菸一面每天跑步。想「繼續跑下去」的自然想法，成為繼續戒菸的重要動機，成為克服菸癮的很大助力。戒菸這件事，就像和以前的生活訣別的象徵一樣。

我本來就不討厭長距離跑步，以前沒辦法喜歡學校的體育課，運動會之類的事也讓我感到厭煩，因為那是帶有從上面強制我們「來，做吧」的運動。自己不想做的事，在自己不想做的時候要我做，我向來無法忍受。相反的，自己想做的事，在自己想做的時候，讓我依自己的方式做的話，卻可以比別人加倍認真地拼命做。因為運動神經和反射神經都不是特別優異，因此不擅長短時間決戰型的運動，至於長距離跑步和游泳，則合於我的天性。自己某種程度也知道這點。所以我想在沒有感覺到任何不適應之下，就相當順利地把跑步納入生活的一部分了。

請讓我稍微說一下題外話，這和跑步沒關係，以我的情況，在學習方面大體上也可以說和運動一樣。從小學到大學為止，除了極少部分之外，我對被學校強制學習的功課，大多不感興趣。我會對自己說，這是不得不做的，而做到某種程度，勉強進了大學，但幾乎從來沒有覺得功課是有趣的。所以雖然成績沒有糟糕到見不得人的地步，不過也沒有拿到足以得獎的成績，或在哪方面拿過第一名，完全沒有這種美好的記憶。我對功課開始感興趣，是在總算受完指定的教育，也就是所謂成為「社會人」之後。對自己感興趣的領域的各種事情，以配合自己的步調，以自己喜歡的方法去追求時，才發現可以非常有效率地學會知識和技術。例如翻譯的技術，也是在這樣的方式下，一面靠自己繳學費一面一一學到的。在能夠自成一格以前，花了很長的時間，累積了很多嘗試錯誤的經驗，不過這樣學來的東西卻真的很扎實。

成為專業小說家最高興的事情，是可以早睡早起。在開店的時候，躺到床上時往往已經快天亮了。十二點打烊關門，然後整理善後，計算傳票，為了紓解壓力而閒聊一下，喝一點酒。這樣一來馬上就到凌晨三點左右了。那麼，已經快接近天亮了。如果再坐在廚房桌前一個人寫起稿子時，經常東方的天邊已經開始逐漸泛白。當然，醒來時太陽已經高高升到半空中了。

收掉店，開始做為小說家生活時，我們——說起來就是我和我太太——首先做的事，就是把生活型態整個改變。決定在太陽出來時醒來，天黑以後盡量早睡。這是我們所認為的自然生活。正常人的作息。因為已經不再做待客生意了，以後只見想見的人，盡量不見不想見的人。我們感覺到這種些微的奢侈，至少暫時之間應該是可以被允許的。前面好像已經說過了，我本來就不擅長跟人交往，有必要在適當時機恢復自己本來的生活方式。

於是我們在過了七年「開放」的生活之後，便把舵大大轉向「封閉」生活。我認為在我人生的某個階段，有過那樣一段「開放」的生活，是一件好事。現在想起來，我從其中學到很多重要的事。那個時期對我來說，像是人生的總合教育期，也是我真正的學校。不過那樣的生活不可能永遠持續下去。所謂學校，是學到東西之後，要從那裡出去的地方。

就這樣，我開始過著早晨五點前起床，晚上十點前就寢，簡樸而規律的生活。一天中能夠最有效活動的時間帶，當然應該是因人而異的，不過以我來說，是清晨的幾小時。我在那時間之內集中精神和能量把重要的事情做完。之後的時間就用來運動、做雜事，或處理一些不太需要集中注意力的工作。天黑之後就放鬆下來，不再工作。看看書、聽聽音樂，放鬆心情，盡量趁早睡覺。每天大體上以這樣的類型一直到今天。托這個的福，這二十年來工作進展得非常有效率。只是過著這樣的生活時，就幾乎沒有所謂的夜生活了，跟人的交往情況絕對會惡化。也有人會生氣。就算有人邀我去哪裡、做什麼，我都會一一拒絕。

不過我想，真的除了年輕時期之外，人無論如何實在有必要設定所謂的優先順序。要順序排出時間和精神體力的分配比例。到某個年齡為止，自己心裡如果不確實建立這樣的系統的話，人生會缺乏焦點，變成沒有輕重緩急。與其和周圍的人具體交遊，我更想確立安靜的生活以便一切都能以專心投入寫小說為優先。對我的人生來說，所謂重要的人際關係，與其說是和某些特定的人往來，不如去和不特定的多數讀者之間建立。很多讀者一定樂於為我創造一個能讓我生活基礎安定，能集中精神的環境，以便寫出品質更高的作品。這難道不是我身為一個小說家的責任和最優先事項嗎？這種想法到現在都沒有改變。雖然沒辦法直接看到讀者的臉，這某種意義上是一種觀念上的人際關係。但我一路走來一直把這眼睛看不見的「觀念上的」關係，訂定為對自己來說最有意義的東西。

「你無法討好每個人。」簡單說就是這樣。

開店的時候，大體上也以同樣的方針在做。有很多客人來到店裡。十個人之中只要有一個人覺得，「很不錯的店。我很喜歡。下次要再來。」就夠了。只要十個人中有一個人成為常客，生意就能做起來。反過來說，十個人中即使有九個人不喜歡，也沒關係。這樣想心情就可以放輕鬆了。不過對這「一個人」，有必要讓他確實地、徹底地喜歡。而且經營者需要舉出明確的態度和哲學之類的東西當旗幟，並將之堅忍不拔、風雨無阻地維持下去才行。這是我從開店所學到的事情。

《尋羊冒險記》之後，我繼續以這樣的態度寫小說。讀者人數隨著作品而增加。最高興的是，很多讀者對我的作品很熱心。換句話說「十個人中有一個人」確實會回頭再來讀。他們（其中很多是年輕讀者）很有耐心地繼續等待我的下一部作品，只要書一出來就會拿起來讀。這樣的體制逐漸建立起來。這對我來說是理想的——至少是非常舒服的——狀況。沒有必要成為頂尖的跑者。如果只要以想寫的方式寫想寫的東西，就可以過一般人的生活的話，對我來說就沒有任何不滿足的地方了。雖然《挪威的森林》賣得出乎意料之外的好，使得這種「好心情」的狀況被迫有一些改變，不過那是後來的事了。

開始跑步以後不久，還沒辦法跑很長距離。我想大概跑二十分鐘，頂多三十分鐘的程度。這樣，就已經喘個不停了。心臟怦怦地跳，腳開始顫抖。因為很長一段時間沒有做過像樣的運動了，所以沒辦法。正在跑的時候被附近鄰居看到，也有一點不好意思。就像偶爾名字後面被加上括弧（小說家）的稱呼覺得羞赧一樣。不過在繼續跑著之間，跑步這件事似乎被身體積極地接受了，隨著這樣，跑的距離也逐漸拉長一點，開始像個樣子了。呼吸節奏安定下來，脈搏也開始穩定下來。暫且不管速度和距離，我把心思第一個就放在盡量不中斷地，每天跑步這件事上。

我把跑步的行為當成像三餐、睡眠、家事、工作一樣，納入日常生活的循環中。跑步變成極平常的習慣，羞赧的感覺也變淡了。我到運動用品專賣店去，買了符合目的的堅固跑鞋，和穿起來方便跑的運動裝。買了馬表，也買了給初學跑步者看的書。就這樣變成一個跑者。

現在想起來最幸運的是，我天生身體就很強壯。日常持續跑步幾乎達四分之一個世紀，參加過無數次賽跑，從來沒有任何時期因為腳痛無法跑的。雖然沒有做什麼像樣的拉筋，也從來沒有一次發生過不舒服、受傷，或生病。雖然我完全不是一個優秀的跑者，但確實是一個強壯的跑者沒錯。是我自己可以自豪的少數資質之一。

過完年進入1983年，我有生以來第一次參加所謂的路跑。5公里的短程路跑，甚至別上號碼牌，和很多人混在一起「預備，開始！」地試著跑起來，「還滿可以跑的嘛，」得到這樣的感觸。5月在山中湖跑15公里的路跑，6月，很想試試看能跑多長距離，於是一個人在皇居周圍一圈又一圈地試跑。7圈，35公里，以馬馬虎虎的速度跑，並不覺得有多痛苦。腳也完全不痛。這樣的話，我想或許可以跑全程馬拉松。全程馬拉松最痛苦的部分聽說是從跑過35公里之後來臨的，這件事我是在後來才親身體驗到。

看看這時期自己的照片，身體還沒變成跑者的體型。因為跑得還不夠多，還沒長出必要的肌肉，因此手臂和腳看起來都還輕飄飄的，大腿也還很細。真佩服自己這樣也能跑完全程。和現在的我比起來，簡直像另外一個人似的（長久持續跑步之後，身體肌肉的配置會完全改觀）。不過那時候，一面跑著，一面感覺到自己身體的組成正在每天改變，也是一件可喜的事。感覺過了三十歲的現在，我這個人身上，居然還留有不少可能性。那樣的未知部分，透過跑步這件事逐漸一點一點地明白過來。

不久之後，原來容易增加的體重也漸漸停留在該停留的地方了。每天運動著時，自己適當的體重自然會固定下來。因為已經看得出最容易讓身體變動的重點了，隨著這個，吃的東西也逐漸一點一點地改變了。食物變成以青菜為主，蛋白質主要轉成從魚類攝取。我本來就不太喜歡吃肉，此時這種傾向更加明顯。米飯吃得少了，酒量也減少了，開始採用自然素材的調味料。甜的東西本來就不喜歡吃。

就像前面說過的那樣，我的體質是什麼都不做，不理它也會逐漸胖起來的。相對的，我太太不管怎麼吃（量雖然吃不多，不過一有什麼事就會吃甜食），即使不運動，也完全不會胖。也不會長贅肉。因為這件事我常常會想到：「人生真是不公平。」有的人不努力就得不到的東西，有的人不努力就可以一直得到。

但是試想起來，生成這樣容易發胖的體質，或許反而幸運也不一定。以我的情況，為了不讓體重增加，每天必須大量地運動，不得不留意和節制飲食。人生真辛苦。不過這樣努力不懈之下，代謝保持在很高的水準，結果身體變健康了，強壯了。老化某種程度也可以減輕吧。然而體質什麼都不做也不會胖的人，沒有必要注意運動和飲食。而且這種人不必自找麻煩地去運動，所以多半會隨年齡的增長，體力逐漸衰退。如果不刻意去保養，肌肉會自然衰退，骨骼會變弱。什麼叫做公平？如果不看長遠是不會知道的。在讀這篇文字的人之中，或許也有人正煩惱著：「不，稍微疏忽一下，體重立刻就會增加……。」不過，就像前面說的那樣，不妨從正面去思考，這反而是上天給我的幸運。所謂越容易看到紅燈越幸運。不過，這樣想又有點不對勁。

試想起來，這種觀點或許很適合用在小說家這種職業上。天生有才華的小說家，什麼都不做（或不管做什麼）就可以自由自在地寫小說。像泉水自然湧出來那樣，文章自然湧出來，作品很快就完成。沒有必要努力。偶爾有這種人。但很遺憾我並不是這種類型的人。不是我自豪，不管怎麼注意週遭，還是看不到泉水。必須手拿起鑿子一點一點地敲開岩盤，深入地底去挖掘，否則無法挖到創作的水源。為了寫小說，不得不用盡體力，不得不耗費時間和工夫。每次想寫作品時，都不得不一一重新挖掘新的深穴。不過漫長的歲月持續過著這種生活，努力打開堅硬的岩盤找洞穴，探尋新的水脈，技術上和體力上都變得相當有效率了。所以當感覺到一個水源開始枯竭時，就能很乾脆地立刻移到下一個地方。向來只靠自然水源的人，忽然想這樣做，可能也沒辦法立刻順利做到。

人生基本上是不公平的。這不會錯。但我想即使在不公平的地方，也可能追求到「公平」。雖然或許要花一些時間和工夫。或許，花了時間和工夫依然徒勞無功，有這種情況。然而在這樣的「公平」中，是否有刻意去追求的價值，當然就要由個人的衡量去決定了。

說到每天跑步，有人會感到佩服。有時候有人會說我「意志好堅強」。能被人誇獎當然高興。總比被貶低要好得多。不過我想，任何事情都應該不只是意志堅強就能辦到的。世間並沒有這麼單純。老實說，我甚至覺得每天持續跑步和意志強弱，好像沒有什麼相關。我能這樣持續跑步二十多年，畢竟是因為個性適合跑步。至少因為「不太痛苦」。人這種東西，生來似乎就是喜歡的事情自然可以持續下去，不喜歡的事情就無法持續。其中可能和意志之類的，稍微有一點關係。不過不管意志多堅強的人、多好勝的人，不喜歡的事情終究沒辦法長久持續。還有就算做到了，對身體應該反而有害。

所以我從來沒有勸過周圍的人跑步。像「跑步是一件好事，所以大家一起來跑吧」之類的話，我認為盡量不要開這種口比較好。如果對長距離跑步有興趣的人，不去管他，人家自己有一天可能自然就會開始跑，如果沒興趣，怎麼熱心勸告都沒有用。馬拉松並不是適合所有人的運動。就像小說家不是適合所有人的職業一樣。我並不是在誰的勸告下、強求下當上小說家的（倒是有人勸我不要）。而是自己想做便自作主張地當上小說家的。同樣的，人不會因為別人的勸告而成為跑者。基本上，人會不會成為跑者是天性使然的。

雖然如此，讀了這篇文章而產生興趣，想到「那麼，來跑看看吧」而實際試跑了，或許會發現「哦，滿愉快的嘛」，那當然是很可喜的發展。如果有這種事，作為本書的作者，我會感到非常高興。不過人總是有適合不適合的問題。有人適合全程馬拉松，有人適合高爾夫，有人適合賭博。我每次看見學校體育課的時間，全體學生跑長距離的景象，都會同情他們「好可憐」。對於沒有跑步意願的人，或體質上不適合的人，不問可否就一律要求人家跑長距離，簡直就像無意義的拷問。趁著還沒出現無謂的犧牲者之前，我很想忠告學校最好停止讓國中生和高中生一律跑長距離的做法，不過，像我這種人即使說出這種話，相信也沒有人肯聽。學校就是這樣的地方。我們在學校學到的最重要的事情，是「最重要的事情是在學校學不到的」這樣的真理。

不過，雖說長距離跑步符合自己的性格，也還是會有「今天覺得身體好重，不太想跑」的日子。不，應該說經常有。這樣的時候，會找各種冠冕堂皇的理由，想休息不跑。我有一次採訪奧林匹克長跑選手瀨古利彥先生，當時他正從跑者退下來就任S&B食品隊的教練不久。我問他：「像瀨古先生這種水準的跑者，會不會有今天不想跑，好厭煩，真想留在家裡繼續睡覺的時候？」瀨古先生名副其實地睜大眼睛，然後以「什麼笨問題」似的聲音說：「當然，這種事情經常有啊！」

現在想起來，自己都覺得是個愚蠢問題。不，當時也知道是個愚蠢問題。不過，我還是想從瀨古先生口中，直接聽聽看那答案。就算肌肉力量和運動量和動機的水準有天壤之別，清晨早起正在繫跑步鞋帶時，他是否也和我想的一樣呢？而瀨古先生那時候的答案，讓我打心底放心了。心想，啊！大家都一樣嘛。

如果讓我說我個人的情況，每當我想到「今天不想跑」時，經常會這樣自問，你總算是以小說家身分在生活著，可以在喜歡的時間在自己家裡一個人工作，不必擠客滿的電車通勤，也不必出席無聊的會議。這是不是很幸運呢？（是）。跟那比起來，在附近跑一個小時，不是不算什麼嗎？我腦子裡一浮現擠客滿電車和開會的光景時，就會再一次鼓舞志氣，重新繫好鞋帶，可以比較不抗拒地輕鬆跑出去了。「是啊，這一點小事都不做的話，會受到懲罰的。」當然我知道也有很多人覺得，與其每天平均跑步一小時，不如去擠客滿電車或去開會。

不管怎麼樣，我是這樣開始跑步的。三十三歲。這是我當時的年齡。還十分年輕。不過已經不能稱為「青年」了。是耶穌基督死去的年紀。史考特·費滋傑羅從這前後已經開始凋落。或許那是類似人生分歧點的地方。在那樣的年紀，我展開一個跑者的生活，雖然起步算遲，但也站上了身為一個小說家的真正出發點。

第3章

2005年9月1日　夏威夷州可愛島

盛夏在雅典
第一次跑42公里

8月在昨天結束了。計算了一下這一個月來（三十一天之間）所跑的距離，總共是350公里。

6月　260公里（一週60公里）
7月　310公里（一週70公里）
8月　350公里（一週80公里）

目標是參加11月6日所舉辦的紐約市馬拉松。以這個目標而調整的觀點來看，事情大致上進行得還算順利。因為我已經從賽前五個月開始有計劃地密集勤練跑步，並階段性地加長跑步距離。

可愛島的8月天氣得天獨厚，因為下雨而無法跑的日子一天也沒有。雖然偶爾有雨，但那是正好可以讓發熱的身體適度涼快下來的程度，非常舒服的雨。可愛島北岸，夏天的天氣本來就比較好，但像這樣晴朗天氣持續不斷的情況也很罕見。因此可以很盡興地密集勤練跑步。身體狀況也沒問題。每天跑距逐漸拉長一點，身體並沒有特別叫苦。沒有受傷，不感覺痛，也不太感覺疲勞，這三個月的跑步特訓就結束了。

今年我也沒有一般人夏天常見的消瘦。並非我對這一點特別採取任何對策，勉強要說的話，只有注意不太吃冷的東西而已，還有很積極地吃水果和蔬菜。可以便宜買到芒果、木瓜和酪梨等新鮮水果（真是名副其實到處的屋簷牆頭都結實累累）的夏威夷，真是我夏天飲食的理想場所。不過這並不是什麼「夏瘦對策」，只是身體「請這樣做」的自然要求。每天運動身體時，很容易就聽到這樣的聲音。

另外一個健康法是睡午覺。我其實經常睡午覺。大多是在午餐後感到很睏，在沙發上躺下來，就那樣迷迷糊糊地睡著。三十分鐘左右之後會啪一下醒來。醒來時身體的倦怠頓時消失，頭腦非常清晰。這午睡在南歐稱為siesta。我記得是住在義大利的時期養成的習慣，不過也許不是。或許我本來就喜歡睡午覺。總之我的體質一旦想睡覺時，在任何地方都可以立刻熟睡，這從維持健康的觀點來看，真是值得慶幸的特技。但有時在不該睡的場合居然睡著了，偶爾也會造成麻煩。

體重順利地安定下來，臉也稍微結實一點，能感覺到自己的身體這樣產生變化，是一件好事。只是變化比年輕時花時間。過去一個半月可以達到的事情，要花三個月才辦到。運動量和所達成的效果，眼看著變差了。不過這也沒辦法，只能看開，去做辦得到的事。這是人生的原則。而且不能只憑效率好壞來做為決定生活方式的價值基準。不過我以前常去的東京體育館有一張貼紙寫著：「肌肉難長易消，贅肉易長難消」。雖然是令人討厭的事實，但事實就是事實。

8月就這樣一面揮手一面走掉了（看起來好像在揮手），進入9月之後，對訓練方式做了番調整。過去的三個月只注意「總之先累積距離」這件事，沒去多想困難的事，只是一面徐徐地提高速度一面每天一個勁地跑。就先建立起整體性的體力基礎。加強精力，強化各部分的肌力，無論肉體上和心理上勁道都加強了，志氣也提高了。這時候最重要的任務，是交代身體「跑這樣的程度是很普通的」。所謂「交代」當然是一種比喻的形容，語言再怎麼說，身體並不會那麼簡單聽話。身體這東西是一種極其實務性的系統。必須靠花時間、斷斷續續地、具體地給與痛苦，身體才會開始認識和理解那訊息。最後，才會主動地（也許不能這麼說）接受賦與他們的運動量。然後我們，才逐漸一點一點地提高運動量的上限。一點一點，一點一點。在身體不會爆胎的程度下。

進入9月，正式比賽就在兩個月後，訓練進入調整期。以施加時間的長和短、力量的軟和硬，這樣的鬆緊交錯加強彈性。試圖從「量的練習」轉換到「質的練習」。而且設定到比賽的一個月前疲勞應該會達到頂點。這是很重要的時期。我一面很注意地和身體對話，一面不得不把事情往前推進。

9月，和守在可愛島一個地方密集練習的8月不同，我從夏威夷回到日本，從日本到波士頓做長距離移動，停留日本的期間又忙於雜事。因此沒辦法像之前那樣只是一股勁地跑步。跑距下降的份，只好以不同的程式組合方式提高效率來彌補。

有一件事本來不太想提（很想悄悄收藏在壁櫥裡），上次我跑全程馬拉松的結果，真是很慘。以前參加過很多次比賽，第一次這麼慘。地點在千葉縣的某個地方。

到30公里為止的速度還馬馬虎虎。甚至心想這樣的話這次應該可以以不太壞的成績跑到終點。還有精力。跑完剩下的距離應該綽綽有餘。然而緊接著腳卻突然不聽話。開始痙攣，漸漸嚴重起來，終於變成完全不能跑了。不管怎麼做拉筋，大腿內側還是抽緊著不停顫抖，變形成奇怪的樣子，不聽使喚。連站都站不住。不禁就在路邊蹲下來。以前也曾經在比賽中經歷過幾次痙攣。每次只要仔細做一做拉筋，大約五分鐘肌肉就會恢復正常，可以再度開始跑起來。然而這次卻沒有那麼簡單。痙攣一直不停。即使覺得稍微好一點了開始跑起來，立刻又會復發。所以最後的5公里左右，不得不有氣無力地走。在馬拉松賽跑中不跑而用走的，這是有生以來第一次。過去自己還以不管多麼苦都沒有用走的自豪。馬拉松是跑步的競技，不是走路的競技。這是我的基本想法。不過那時候能走都很勉強了。乾脆放棄，坐上收容的巴士算了，腦子裡幾次閃過這樣的念頭。反正跑的成績很差不如放棄好了，這樣想。不過還是不想棄權。就算用爬的也要到達終點。

被其他跑者從後面一一追過，愁眉苦臉，跛著腳，朝終點走著。馬表的數字無情地繼續算著時間。風從海面吹來，汗濕的襯衫開始變涼，冷得不得了。因為是寒冬的比賽。只穿著汗衫和短褲走在寒風猛吹的路上，當然冷。跑步停下來後竟然會這麼冷，以前從來沒想過。當然持續跑步的話身體會暖和，不覺得冷。而遠比寒冷更難過的，則是受傷的自尊，在馬拉松跑道上蹣跚步行的自己悲慘的姿態。走到離終點2公里左右的地方痙攣才終於收斂下來，可以開始再跑了。一面慢慢地跑著徐徐恢復步調，最後甚至到達可以盡情全力衝刺的地步。但成績卻十分淒慘。

失敗的原因很清楚。跑步的訓練不足．跑步的訓練不足．跑步的訓練不足。只有這樣。練習的絕對量不足，體重也沒有控制好。42公里而已，隨便跑都可以跑完，可能在不知不覺之間產生這樣傲慢的想法了。健康的自信和不健康的傲慢心態之間，隔牆非常薄。年輕時候確實「隨便跑」，就可以跑完全程馬拉松。即使不逼自己練習，或許光靠以前累積的體力儲金，就可以跑出馬馬虎虎的成績。但很遺憾我已經不再年輕了。如果不付出應付的代價，就只能得到和年齡相應的東西了。

再也不願意碰到這種遭遇，那時深深這樣感覺。再也不要經歷這樣寒冷而淒慘的感覺了。總之下次跑馬拉松的時候，要回到初學者的心態，打算完全從零開始重新來過，好好努力做做看。試著累積綿密的訓練，重新挖掘自己身體的能力看看。把螺絲重新一一拴緊。那到底會有什麼樣的結果？想試試看。這是我一面拖著痙攣的跛足走在寒風中，一面被許多跑者追趕過去時，所想到的事情。

剛開始我也聲明過，我不是個好勝的人。心裡想著失敗是某種程度難以避免的事。不管是誰，都不可能永遠勝利。在人生這條高速公路上，不能只在超車道繼續一直跑。但和這不同的是，同樣的失敗不希望反覆幾次。從一次失敗就要學到一點教訓，那教訓希望能活用到下次的機會上。至少在那生活方式還在能力所及的範圍之內。

「下次馬拉松賽」就是紐約市馬拉松賽，一面繼續跑步訓練，一面面對書桌繼續寫著這樣的文章。一一回想二十幾年前，自己剛剛成為跑者時的事，追溯著記憶，重讀那時候所寫的簡單日誌（我的性格是無法持續寫日記的，只有跑步的日誌倒是記得很用心），把那整理成文章。一則想確認自己走過的路徑，一則也想挖掘出那個時代自己的心情。為了告誡自己，也為了鼓勵自己。然後也為了把在某個時間點睡著的某種動機，搖醒過來。說起來是為了追尋思考的路徑而寫文章的。但結果——終究不過以結果來說——卻可能變成，像以跑步這行為為軸的「個人史」了。

話雖如此，現在占據我腦子的主要部分並不是「個人史」，而是兩個月後即將來臨的紐約市馬拉松，到時我要如何盡量以像樣成績跑完，這樣的實際問題。如何塑造自己的身體，是眼前最重要的課題。

8月25日美國的跑者雜誌《跑者世界》（*Runner's World*）要拍我的照片。攝影師從加州過來，花一天時間拍我。一位名叫葛瑞格的熱心年輕攝影師，搭飛機千里迢迢地來到可愛島，載著滿車廂的攝影器材。前一陣子採訪已經做過了，為了配合那報導而來補拍照片。拍人像，和正在跑步的照片。經常跑馬拉松的小說家似乎不太多的樣子（應該不是完全沒有，只是人數相當少），他們似乎對我這個「跑者小說家」的生活（模樣）很感興趣的樣子。《跑者世界》是在美國跑者之間廣泛被閱讀的雜誌，所以我到了紐約可能會有很多跑者跟我打招呼。想到這裡，更覺得不能跑得太差，而緊張起來。

話題回到1983年吧。那是一個杜蘭杜蘭合唱團和霍爾與奧茲二重唱大紅的全盛時期，到現在都很令人懷念的時代。

那年7月我到希臘去，一個人從雅典跑到馬拉松。原來創始的馬拉松路線是從馬拉松跑到雅典，我以反方向來跑。如果問為什麼要反方向跑，是因為在清晨從雅典中心出發可以趁尖峰時段之前（空氣尚未污染之前）脫離都市鬧區，一路朝馬拉松前進，路上的交通流量非常少，跑起來較輕鬆愉快。因為這不是正式比賽路線，而是一個人自主的跑步，所以當然沒有什麼交通管制。

為什麼特地跑到希臘去，一個人跑42公里呢？因為碰巧有男性雜誌邀我：「要不要去希臘，幫我們寫個旅行報導？」主辦的是希臘政府觀光局。各種雜誌紛紛參加，路線中含有固定行程的觀光遺跡、愛琴海遊艇之旅，只要做完這些，回程機票可以開放，所以可以隨心所欲的留在當地，做什麼都行。我對這種觀光的套裝形式不感興趣，不過事後可以自由地做什麼對我卻很有魅力。而且希臘怎麼說都有著馬拉松的原創路線。我想親眼看看這條路線。應該也可以用自己的腳跑一跑那路線的一部分。那對剛剛成為跑者的我來說，一定是個會心動的不尋常體驗。

等一下，我想。為什麼非要「一部分」不可呢？乾脆，試著跑完全程怎麼樣？

我這樣提議時，雜誌的編輯部也說：「這個有意思。」因此，我有生以來第一次跑全程馬拉松（類似），是獨自一個人默默跑完的。沒有觀眾、沒有終點帶子，也沒有人們熱鬧的加油聲，什麼都沒有。不過不管怎麼說，那是原始的馬拉松路線哪！還有什麼可求的呢？

實際上，從雅典到馬拉松的筆直道路，不到正式全程馬拉松的距離42・195公里，距離不足將近2公里。我在幾年後參加正式的雅典馬拉松比賽時（這次是照原始方式從馬拉松跑到雅典）才知道這個事實。在電視上看過雅典奧運的馬拉松比賽的人可能還記得，從馬拉松出發的跑者在途中轉向左方的小路，到一個樸素遺跡的周圍繞一圈，然後才再回到原路。以這樣補足不夠的距離。但當時我並不知道這回事，所以從雅典市內到馬拉松為止只管一直跑，以為這樣就跑完42公里了。實際上只有40公里左右。不過在市內多少繞了一點路，伴跑的汽車計算的里程也刻著42公里左右，因此結果或許是跑了接近全程馬拉松的距離。不過事到如今怎麼樣都無所謂了。

我跑時是盛夏的雅典。說到盛夏的雅典，實際去過的人都知道，那是超乎想像的熱。當地人如果沒有必要，下午都不出門。什麼也不做，節省精力，在涼快的陰影下睡午覺。等天黑後才好不容易出門開始活動。夏天的希臘，下午在外面走動的大概都被視為觀光客。連狗都躺在陰影下，動也不動一下。就算看很久，都完全分不出是活的還是死的。有那麼熱。在這樣的季節跑42公里簡直是瘋掉了。

我說我打算一個人從雅典跑到馬拉松，希臘人都異口同聲地說：「別這麼傻。那，不是正常人做的事。」我因為對雅典夏天的熱沒有預先了解，因此直到去到當地為止都還覺得滿輕鬆的。總之只要能跑42公里就行了吧，這種感覺。光想著距離的事，頭腦還沒有轉到溫度上去。實際到雅典一看，實在太熱了，才嚇到。開始想：「或許確實不是正常的事。」話雖這麼說，已經誇口說出要以自己的腳跑原始馬拉松路線，並寫出報導，也千里迢迢地來到希臘了。事到如今已沒有退路。絞盡腦汁想各種避免酷暑消耗的作法，最後決定清晨天沒亮就從雅典出發，趁太陽高高升起之前就到達目的地。時間越遲，溫度越急速升高。簡直像《跑吧！美樂斯》那樣，名副其實是跟太陽的競爭。

一起到希臘來的攝影師景山正夫兄，決定和編輯一起開車伴跑。一面伴跑一面拍照。因為不是比賽，沒有給水站，所以就在一些地方從車上拿飲料喝。希臘的夏天每日都是兇猛的艷陽高照。得密切注意脫水現象。

「村上兄，真的要認真的跑完全程嗎？」景山兄看到我準備跑步的模樣好像很驚訝地說。

「那當然。就是為了這個來的啊。」

「是嗎？不過，這種企劃，不太有人會全部做。大概都適度拍一些照片，中途就省略掉。嗯，真的要跑啊？」

真搞不懂這個世界。實際上大家真的會這樣做。

嗯，總之，清晨五點半從雅典奧運啟用的奧林匹克運動場出發，一路朝馬拉松前進。道路是幹線道路一條路。實際上跑起來才知道，希臘的道路感覺鋪設得和日本的相當不同。他們不用碎石子卻用像大理石粉那樣的東西，因此閃閃地反射著陽光，容易打滑。一下起雨來，開車必須很注意。即使不下雨，鞋底也會發出啾啾的聲音。光滑的觸感傳到腳下來。以下是從當時為雜誌寫的報導摘錄下來的。

☆

太陽逐漸升起。雅典市內的道路非常難跑。從競技場到往馬拉松街道的入口為止大約有5公里，但紅綠燈相當多，因此跑步的速度完全亂掉。因為違規停車和施工的關係，很多地方的步道都被堵住了。因此不得不跑到車道去，但早晨行駛在市內的車子速度超猛的，跑者深深感覺置身在危險中。

從進入馬拉松的街道一帶起，太陽開始露出臉來，市內的街燈一起熄滅。夏天的太陽支配地表的時刻逐漸接近。巴士站也開始看得見人影了。希臘人有睡午覺的習慣，所以上班時間相對提早。大家都以希奇的眼光，看著跑步的我。天亮以前在雅典市內跑著的東洋男人，大概不常見吧。雅典本來就是慢跑人口很少的都市。

在12公里之前是持續和緩上升的斜坡。幾乎沒有風。在6公里前後脫掉汗衫，上半身赤裸。因為每次都這樣赤裸著跑，所以脫掉汗衫後感覺好爽快（不過後來曬傷嚴重，痛苦不堪）。

跑到上坡道的頂點之後，才終於有已經穿過市內的感覺，算是鬆了一口氣，但同時所有的步道卻很乾脆地消失了蹤影，代替的是只以白線區分開來的狹小路肩而已。進入上班的尖峰時段，車流開始增加。大型巴士和卡車以時速80公里左右就在我身旁擦身而過。唸成「馬拉松街道」的這條路在這裡實際感受到的只是條上班的產業道路。

在這一帶遇到第一隻狗的屍體。大隻的茶色狗。看不到像外傷的地方。就那麼大剌剌地橫在馬路中。可能是野狗，夜裡被高速行駛的車子撞倒。看來不像已經死掉了，就像只是睡熟了似的。從那旁邊經過的卡車司機們，對狗屍完全視若無睹。

更前面一點，則看到了被輪胎輾過的貓。像歪掉的披薩那樣，完全壓得扁扁的，已經乾掉了。被輾的時間似乎已經過了很久。

是這樣的道路。

從東京千里迢迢地來到這美麗的國度，為什麼非要特地在這樣殺風景又危險的產業道路上跑步呢？我強烈地自問。應該還有其他更該做的事情吧。結果三隻狗、十一隻貓，是那天沿著馬拉松道路悲慘地喪失性命的動物總數。我一面數著一面深深感到氣餒。

一直繼續跑著。太陽把它完整地呈現在我眼前，以難以相信的速度朝著中空上昇。喉嚨開始非常渴，汗流不停。由於空氣極端乾燥，汗一下子就從皮膚蒸發了，只留下白色的鹽分而已。名副其實像如玉的汗珠那樣的說法，不過也來不及變成玉，水分就消失了。全身都被鹽滷得火辣辣的。舔一下嘴唇，味道就像鯷魚醬那樣。好想喝冰得透透快變冰霜的啤酒。但不行，大約每5公里，開車伴跑的編輯就會給我飲料喝。這是第一次，一面跑一面喝這麼多水。

但身體狀況不錯。還有足夠的精力。我以七分程度的力氣，保持正好的速度確實地繼續跑著。上坡和下坡交替出現。因為是從內陸部分朝海岸跑，因此下坡比較多。離開市中心，離開市郊，周圍逐漸轉變成田園風景。途中經過內亞・馬克麗的小村子，老人們坐在咖啡館前的餐桌旁，一面以小杯子喝著早晨的咖啡，一面默默以眼睛緊追著我跑過的模樣。彷彿在目擊一場不太起眼的歷史一刻。

在27公里一帶有山脊，越過之後，開始隱約可以看得見馬拉松的山了。算起來已經跑了路程的三分之二。我在腦子裡算著時間，這樣下去的話，3個小時30分鐘左右就可以跑完了。不過並沒有這麼順利。跑30公里前後時，海面開始吹來迎面的風，越接近馬拉松，風勢變得越來越強。連皮膚都會感到刺痛的強風。只要稍不賣力，就會被吹得往後退似的那種風。已微聞得到海的氣味，接著是和緩的上坡。這段往馬拉松的道路，簡直就像用長長的尺畫出的線一般筆直。從這一帶開始，真正的疲勞來襲。不管怎麼補充水分，轉眼工夫喉嚨又渴了。好想喝冰得透透的啤酒。

不，不要想啤酒了。也不要想太陽。把風忘掉。把報導的事也忘掉吧。意識要集中在把腳交互往前送，除此之外，一切都不要緊。

過了35公里。從這裡開始對我來說就是未踏之地。我有生以來，一次也沒有跑超過35公里的距離。左手邊聳立著到處是石頭的荒涼山地。看起來就是不毛的貧瘠土地，沒有用處之地。到底有誰，什麼樣的神，會特地製造出這樣的東西呢？右手邊是一望無際的橄欖樹園。眼睛所及的一切都披上一層白白的灰塵。肌膚依然感覺到的風，繼續從海的方向吹來。真是的，為什麼非要吹這樣強的風不可呢！

在37公里一帶，一切的一切都漸漸感到厭煩起來。啊，真討厭，不想再跑下去了。體內的能量完全到底了，好像油箱已經空了還繼續往前開的汽車一樣。好想喝水，可是 旦在這裡停下來喝水，感覺就無法再跑了。喉嚨好渴，卻連喝水所需的力氣都沒有了。想到這裡漸漸生起氣來。對徜徉在道路旁邊的空地上幸福地吃著草的羊群，對在車上繼續按著相機快門的攝影師都生起氣來。快門的聲音太大了。羊的數目太多了。按快門是攝影師的工作，吃草是羊的工作。沒道理抱怨的。雖然如此還是不由得生起氣來。皮膚開始到處出現白色的小小隆起，那是日曬的水泡。正在發生莫名其妙的事情。怎麼這麼熱呢！

40公里過去了。

「只剩下兩公里了。加油！」編輯從車上以開朗的聲音說。很想還嘴：「光用嘴說，是很簡單，」但只是想想而已，並沒有說出口。毫無遮掩的太陽非常熱辣，早上九點過後，竟然熱得這麼可怕。汗流入眼睛，因為有鹽分，眼睛一陣刺痛，一時之間什麼也看不見。本想用手擦，不過手上、臉上也全是鹽，那樣做的話會更痛。

越過高長著的夏草盡頭，開始看得到小小的終點了，那是設在馬拉松村入口的馬拉松紀念碑。那真是終點嗎？剛開始無法判斷，如果是，那麼出現的方式未免太唐突了。當然看見終點很高興，不過對那唐突卻莫名其妙地生起氣來。因為已經到最後了，所以想使出全力死命提高速度，然而腳卻邁不出去。記不得身體是怎麼動的。覺得全身的肌肉好像被用生鏽的鉋子削著一樣。

終點。

好不容易來到終點了。絲毫沒有所謂的成就感。腦子裡只有「可以不用再跑了」的安心感而已。借加油站的水管鎮涼火熱的身體，把黏在身上的白色鹽分沖掉。簡直像活人鹽田，全身都是鹽。聽到事情原委的加油站叔叔，把盆栽的花切下來做成一個小花束，獻給我。真是太好了，恭喜啊。外國人這種小小的用心讓我好感動。馬拉松是個很小、很親切的村子。安靜、和平的村子。真是難以想像，數千年前在這樣的地方，希臘軍在慘烈戰鬥之後在水邊把波斯的遠征軍打敗了。我在馬拉松村早晨的咖啡館裡，盡情喝著冰涼的Amstel啤酒。啤酒當然美味，不過現實的啤酒，並沒有方才一面跑時一面殷切想像的啤酒那麼美味。現實世界的任何地方，都沒有已經喪失理性者所懷抱的幻想那樣美麗。

從雅典到馬拉松村所花的時間是3小時51分。雖然不算好的成績，但總之我一個人單獨跑完了馬拉松全程。以交通地獄、超出想像的酷熱和激烈的乾渴為敵手，或許可以引以為豪吧。不過這種事情，到現在都無所謂了。總之已經沒有必要再多跑一步了——不管怎麼說，這比什麼都高興。

真要命，不用再跑了。

☆

這是對我來說平生第一次跑（約）42公里，且在那樣酷熱的條件下跑完42公里，幸虧，那是最後一次。那年的12月我在夏威夷以馬馬虎虎的成績跑完火奴魯魯馬拉松。夏威夷雖然也熱，但比起雅典的夏天，還算是可愛的。就這樣火奴魯魯算是我第一次正式參加的全程馬拉松比賽。從那以後，每年參加一次全程馬拉松賽成為我的習慣。

不過當時所寫的這篇文章，事隔多年重讀，竟發現：經過二十多年，跑過二十多次全程馬拉松的現在，我對於跑42公里所感受到的，和最初好像完全沒有不同。現在我每次跑馬拉松，大概都經歷了和前面所寫的那樣，同樣的心路歷程。到30公里為止時想到「這次也許可以跑出不錯的時間」，過了35公里時身體的燃料逐漸燒光燃盡，對很多事情開始生起氣來。最後終於變成「開著空油箱還繼續跑的汽車的那種心情」。不過跑完後經過不久，又把辛苦和不爭氣的想法，完全忘記，並堅定決心「下次要跑得更好」。不管累積多少次經驗，增加多少歲數，依然是同樣事情的反覆。

是的，某種歷程是不管怎麼樣都不會改變的，我這樣想。而且如果不得不和這歷程共存的話，我們能夠做的，只有靠執著的反覆來改變（或彎曲）自己，只能把這歷程納入自己人格的一部分。

真要命。

第4章

2005年9月19日　東京

我寫小說的方法，
很多是從每天早晨
在路上跑步中學來的

9月10日，離開可愛島回到日本，停留兩星期左右。

在日本時我會開車來往於東京的事務所兼公寓和神奈川縣的住家。當然同時也繼續跑步，不過很久沒回國了，很多事情等著我處理，必須一一解決。也有很多不得不見的人，所以不像8月那樣可以自由自在地跑。只能找到時間就勤練長距離跑步。在日本的期間跑兩次20公里，一次30公里。勉強維持一天平均跑10公里的步調。

我也刻意在坡道練習跑。我家附近有高低差大的環狀坡道路線（大約有五六層樓的高度吧），我跑二十一圈，時間是1小時45分。因為是非常溼熱的日子，所以很累。紐約市馬拉松大體上是平地路程，總共必須跑過七座大橋，很多橋是吊橋的結構，因此中央部分會高高隆起。我至今跑過三次紐約市馬拉松，連續不斷的上上下下，比預料中還費腳力。

其次紐約馬拉松路程的最後，進入中央公園後的上下坡也很難纏，每次到這裡速度就會慢下來。中央公園裡的坡道其實算和緩，晨跑時並不覺得辛苦，但是變成馬拉松的終端路程，簡直就像牆壁似的堵在跑者面前，會把最後僅存的一點剩餘力氣都無情地剝奪光。再過一點點就到終點了，這樣鞭策激勵自己，但前進的只有心情而已，身體老是難以接近終點。喉嚨好渴，但胃卻已經不要水分了。腳的肌肉也在這前後開始發出哀嚎。

我並非不擅長跑坡道。路線中有上坡路時，往往還會在這裡超過其他跑者，因此平常反而歡迎坡道。只有中央公園最後的上坡道，每次都讓我頓時洩氣。真希望這次最後的幾公里能（比較）輕鬆地跑，全力衝刺，一面帶著微笑到達終點。這是這次比賽的目標之一。

就算練習量絕對下降了，決不連續休息兩天，這是跑步訓練期間的基本規則。肌肉就像記性很好的勞役動物那樣。只要很小心地階段性逐步增加負荷量，肌肉就能自然地忍受和適應下去。「這些工作量你不幫我做的話就傷腦筋了，」一面舉出實例一面重複說服，對方也會說「好吧」而配合要求徐徐加大力氣。當然需要花時間。如果勉強逼迫的話，會故障。但花時間做，分階段逐步前進的話，就會不抱怨地（雖然偶爾會露出難看的臉色）、耐心地、相當乖順地逐漸提高強度。「必須做完這麼多作業才行」的記憶，反覆輸入肌肉的電腦中。我們的肌肉是守規矩的個性，只要按照正當順序去做，就不會抱怨。

但如果有幾天負荷不繼續加下去的話，肌肉就會自動判斷：「啊，不必這麼努力了。真好！」於是把極限值往下降。肌肉也和活生生的動物一樣，想要盡量輕鬆過日子，因此只要不加重負荷，就會安心地解除記憶。一旦解除的記憶要重新輸入的話，就不得不從頭再開始整個程序。當然也需要喘氣休息。但在即將面臨比賽的重要時期，對肌肉有必要確實的引導。「這可不是馬馬虎虎的事，」必須事先傳達不含糊的訊息給對方，並在不爆胎的程度之內，維持毫不容情的緊張狀態。這方面的衡量，只要是有經驗的跑者自然心裡有數。

留在日本的期間，新的短篇小說《東京奇譚集》面市了。因此有幾個採訪。還有預定11月發行的音樂評論集要整理校稿，和討論封面設計。明年開始將系列出版的平裝本「瑞蒙・卡佛作品集」的校稿也要整理。我想配合平裝本出版，把以前既存的翻譯版本全面重新檢查，這也需要時間。然後也要為美國明年將出版的短篇集 *"Blind Willow, Sleeping Woman"*（《盲柳，與睡覺的女人》）寫一篇長序。同時還有像這種談跑步的隨筆，找到時間——雖然並沒有人特地邀我——就一點一點地繼續寫。就像沉默寡言而勤勉的鄉村鐵匠那樣。

也有幾件現實上的事不得不解決。我們在美國生活期間，留在東京事務所工作的女助理，忽然提出明年初要結婚因此年底之前想辭職，不得不找代替的人。夏天期間事務所不能關門。回到劍橋之後，立刻要到幾個大學演講，因此也要做準備。

光是這些事情，要在短短的期間內處理好，還得繼續練習紐約馬拉松的賽跑，真是到了連分身都想請出來的地步。無論如何還是持續跑。日常的跑步對我來說，就像生命線一樣的東西，不能因為忙就省略，或停跑。如果因為忙就停，一定會變成終生都沒法跑了。因為繼續跑的理由很少，停跑的理由則有一卡車那麼多，我們能做的，只有把那「很少的理由」一一珍惜地繼續磨亮。一找到機會，就勤快而週到地繼續磨。

在東京的時候，大概都在神宮外苑跑。這是神宮球場旁的繞圈跑道。雖然不能跟紐約中央公園比，不過在東京市中心是很珍貴的、綠意盎然的地區。這個跑步路線我多年來跑慣了，距離的感覺連細微的地方都刻進腦子裡。什麼地方有坑洞和高低差我都一一記得，所以最適合一面留意速度一面練習。問題是附近的車流量很大，有些時間行人很多，空氣不太清淨，不過因為是在東京正中央，所以不能太奢求。光是場所就在住家附近已經覺得夠幸運了。

在神宮外苑跑一圈是1325公尺，每100公尺的標示都刻在路面，所以跑起來很方便。決定1公里要以5分半來跑、以5分鐘來跑、或以4分半來跑時，會採用這個路線。我在外苑開始跑的時候，瀨古利彥正是選手，他也在這裡跑。一副拼命的樣子為參加洛杉磯奧運而在這裡練習。他腦子裡只有金光閃閃的金牌而已。上次的莫斯科奧林匹克，因為政治因素的杯葛而失去機會的他，洛杉磯可能是他拿金牌的最後機會了。只要看到他跑步時的眼神，就可以清楚地看到那其中散發著某種悲壯的氣氛。當時，中村清教練還健在，而且S&B食品的田徑隊中，響噹噹的實力派選手陣容堅強，真是飛鳥都會嚇落地般的非凡氣勢。S&B的選手隊每天練習，常使用這外苑的跑道，因此在擦肩而過之間，我也和這個隊的選手自然面熟了。在琉球的訓練也讓我採訪。

他們在上班時間前，趁著清晨每個人分別跑步，下午則整隊一起集合練習。我以前每天清晨七點以前在這裡跑步（那個時刻車流量還少，行人也少，空氣比較清淨），因此會和同樣時間做個人跑步的S&B選手擦身而過，經常以目示意。下雨天也會互相微笑，表示「彼此都很辛苦啊」的樣子。我特別記得，谷口伴之和金井豐兩個年輕選手。兩個都二十好幾的年紀，好像是早稻田大學田徑隊出身的，學生時代曾經在箱根的馬拉松接力賽中活躍過。瀨古就任教練之後，這兩個S&B的年輕王牌深受矚目。大家都認為他們將來有在奧林匹克中奪標的實力。他們也很有耐心地做嚴格的練習。卻在北海道夏季集訓時，在乘車時遇到車禍，一起去世了。他們兩人是經歷了多麼嚴酷的練習，因為我親眼實際看見過，所以當我聽到他們死去的報導時深受打擊。感覺好心疼，真的太遺憾了。

私底下，我跟他們兩人並不熟。幾乎也沒有直接交談過。他們兩人都才剛新婚不久的事，也是他們死後我聽人說才知道的。不過同樣身為長距離跑者，每天在路上碰面，還是感覺得到彼此好像有點心意相通的地方。不管水準多麼不同，還是有只有長跑者之間才知道的事情。我這樣想。

現在我清晨在神宮外苑和赤坂御所周圍的跑道上跑著時，偶爾會想起他們。覺得轉個彎之後，他們就會一面吐著白氣一面默默地迎面跑來。接著我每每會想，經歷過那樣嚴酷磨練的他們所抱持的想法、所懷抱的希望、夢想和計劃，到底消失到哪裡去了呢？人的思想會隨著肉體的死，就那麼乾脆地消失得無影無蹤了嗎？

在神奈川的住家附近，可以做和在東京的時候完全不同的練習。前面提過，我家附近有陡峭斜坡的環狀跑道，其次也有繞一圈三小時左右，最適合馬拉松練習的路線。大部分是沿著河川和沿著海岸的平坦道路，沒有車子，途中也幾乎沒有紅綠燈。和東京不一樣，空氣也很乾淨。一個人跑三個小時確實相當無聊，不過可以一面聽好聽的音樂，所以可以放鬆地跑。不過因為是跑很遠再折回來的路線，所以一旦跑起來就不能說：「好累了，中途停下吧。」就算爬，都得想辦法爬回家。不過，這也不能說是不好的環境。

來談談寫小說吧。

我在以小說家身分接受採訪時，曾經被問到：「對小說家來說最重要的資質是什麼？」對小說家來說，最重要的資質，不用說是才能。如果完全沒有文學才能，不管多麼熱心努力可能都無法成為小說家。這與其說是必要的資質，不如說是前提條件。如果完全沒有燃料的話，多麼氣派的汽車都無法上路。

但才能的問題點在於，大多的情況下，質和量都不是自己可以巧妙控制的。不會因為你認為量不夠，希望增加一點或想節省一點用量以便維持更久，就能隨心所欲。才能這東西和自己的想法是沒關係的，想噴出的時候會自行噴發出來，如果噴完了枯竭了也就結束了。像舒伯特和莫札特，或某種詩人或搖滾歌手那樣，豐沛的才能在短期間來勢洶洶地用完之後，就面臨戲劇化的死亡，成為美麗的傳說，這種活法雖然很有魅力，但可能無法供我們大多數人參考。

如果要問我，除了才能之外，對小說家來說什麼是重要的資質，我會毫不猶豫地說是專注力。把自己所擁有的有限才能，專注到必要的一點的能力，如果沒有這個，什麼重要事情都無法達成。反之這種力量若能有效運用，某種程度上可以彌補才能的不足或不均。以我來說，平常一天有三到四個小時，在清晨之間集中注意力工作。面對書桌，把意識只集中傾注在自己所寫的東西上。其他什麼都不想，什麼都不看。假設性地想，就算有充沛的才能，就算滿腦子都是小說創意，如果激烈地牙痛著，這位作家可能什麼都寫不出來，因為專注力被牙痛阻礙了。我說沒有專注力什麼都無法達成，就是這樣的意思。

專注力之後必要的是持續力。就算能做到一天三四個小時，集中精神認真執筆，但持續一個星期就累垮，那也沒辦法寫長篇作品。每天的集中精神，要能維持半年、一年、兩年，小說家被要求擁有這樣的持續力——至少有志於寫長篇小說的作家。以呼吸法為例，如果集中注意力只是不動地深深閉氣的作業，那麼持續力就是一面閉氣，同時，又記住靜靜地呼吸下去的作業。如果無法取得這兩方面的平衡，要成為專業小說家長年持續寫小說是很難的。要能停止呼吸、繼續呼吸。

幸虧這種能力（專注力和持續力）和才能的情況不同，可以靠後天訓練來獲得，並藉以提升。每天坐在書桌前面，不斷訓練把意識專注在一點上的話，專注力和持續力就會自然提升。這和前面所寫的肌肉調教作業很類似。每天不休息地寫，集中精神工作，這件事對自己這個人是必要的事，把這情報持續送進身體系統中，讓身體確實記住，而且逐漸把極限值一點一點往上提升。在不被發現的微量程度內，讓那刻度悄悄上移。這和靠著每天跑步，以強化肌肉，塑造成一個跑者的體型，是同類的作業。刺激、持續。刺激、持續。這種作業當然需要忍耐。不過相對的也會有回報。

傑出的推理小說作家瑞蒙·錢德勒在一封私人信上寫過類似這樣的事：「就算什麼也沒寫，我每天還是一定會在書桌前坐下來，一個人集中意識。」他之所以這樣做，我很能理解。錢德勒靠著這樣做，拼命調教身為職業作家所必要的肌力，安靜地提高志氣。像這樣的日常訓練對他來說是不可或缺的事。

寫長篇小說的作業，我認為根本就是肉體勞動。寫文章本身或許屬於頭腦的勞動。但是要寫完一本完整的書，不如說更接近肉體勞動。當然寫書並不需要搬重物、快跑，或高飛。所以世間很多人只從外表看，似乎就認為作家的工作是靜態知性的書房工作。只要有能夠拿得起咖啡杯程度的力氣，就能寫小說了。但如果實際做做看，應該就立刻會知道寫小說並不是那樣的工作。坐在書桌前面，精神集中在雷射光的一點之上，從虛無的地平線上升起想像力，生出故事，一一選出正確的用語，所有的流勢全部保持在該有的位置上——這樣的作業，比一般所想像的需要更大的能量，且必須長期持續。身體雖然沒有實際移動，但那剝削著骨肉般的勞動卻在體內不斷地動態進行。當然想事情的是頭腦（mind），但小說家卻穿上「故事」這樣的裝備以全身在思考著，這種作業對作家來說，要求使出渾身解數的肉體能力——往往到殘酷役使的地步。

對於那些擁有天賦才能的幸運作家，這種作業幾乎是無意識地，有些情況是可以無自覺地進行下去的。尤其年輕時，只要擁有超出某種水準的才能，持續寫小說並不是太困難的作業。各種難關都可以輕易度過。所謂年輕，就是全身充滿了自然的活力。專注力和持續力，一有必要就自己送上來了。幾乎不需要做任何努力。年輕又有才能，就好比背上長出翅膀一樣。

不過這樣的自由豁達，往往隨著年輕的逝去，逐漸失去那自然的流勢和新鮮感。過去輕易可以做到的事，過一定年齡後，變得沒那麼簡單。就像速球派投手的球速，會直線下降一樣。當然人隨著逐漸成熟，自然才能的衰退有其他方法可以彌補。例如速球派的投手，超過一定時間點之後，切換成以變化球為主的用腦力的投球法。不過這當然也有所謂的極限。這時就能看得到喪失感的淡淡陰影。

另一方面，沒有那麼多天賦才能——或只勉強達到水準——的作家們，從年輕時就不得不自己鍛鍊出一點力量。他們靠訓練培養出專注力、增進持續力。而且不得不把這樣的資質（到某種程度為止）當成才能的「代用品」來用。不過就在這樣「忍氣吞聲」之間，終於遇到隱藏在自己內在的真正才能。在用著鏟子，一面流汗一面努力挖掘腳下的洞穴時，碰巧挖到一直藏在深處的秘密水脈，真的可以說很幸運吧。不過這種「幸運」之所以可能，說起來還是因為持續地挖掘深深的洞穴所需的肌力，已經靠訓練學到了。我想，晚年之後才能才開花結果的作家們，應該多少都經歷過這一類的過程。

當然這個世界上從頭到尾才能都不枯竭，作品品質也不低落，真正天賦異秉的大天才——雖然只有一小撮——確實也存在。他們有取之不盡用之不竭的水脈。這在文學上真是值得慶賀的事。如果世上沒有這些巨人存在的話，文學的歷史應該無法像現在這樣堂堂誇示偉大的成就。要具體舉出名字的話，有莎士比亞、巴爾札克、狄更斯……。但巨人終究是巨人，怎麼說他們都是例外的、神話性的存在。世間無法成為巨人的大多數作家們（我當然也是其中之一）或多或少，都不得不靠各自的下工夫努力，從各方面來補強才能絕對量的不足。不這樣的話，是不可能長期寫出有一點價值的小說。而不管用什麼方法，從什麼方向來自我補強，最終會成為個別作家的個性和品味。

以我自己來說，我寫小說，很多是從每天早晨練跑路上所學到的，很自然地從肉體上、實務性地學到。可以把自己嚴格地逼到什麼程度，到哪裡才好？休息多久算正當，超過多久算休息太久？到哪裡是適當的一貫性，從哪裡開始會變偏狹？外部的風景必須意識到什麼程度，對自己內部要深入集中意識到什麼程度？要相信自己多少？要懷疑自己多少？如果我成為小說家之初時，沒有想到開始跑長距離的話，我所寫出的作品，可能和現在會有不少差異。具體上如何不同？我不知道。不過應該有什麼很大的差異。

不管怎麼樣，我覺得能沒有休息地持續跑到今日，真好。因為自己也喜歡自己現在所寫的小說。自己都很期待，接下來內心出來的小說會是什麼樣的東西。以一個不完美的人，一個擁有極限的作家，一面走過充滿矛盾不起眼的人生之路，依然還能懷著這樣的心情，畢竟也是一種成就吧。或許有點小題大作，不過我甚至覺得似乎可以說是一種「奇蹟」。而且每天跑步，如果多少補助了這樣的成就的話，我就不得不深深感謝跑步了。

有時候，世人會對每天跑步的人嘲笑地說：「這麼想要長壽嗎？」不過我想，實際上因為想要長壽而跑的人並不多，倒是抱著：「就算不長壽也沒關係，在活著的時候想過一個充實滿足的人生」而跑的人，可能要多得多。同樣的十年，與其恍惚地過十年，不如確實地擁有目的，活躍地活十年才是當然，而且喜歡得多。跑步確實在這方面幫助我很大。在每個人個別被賦予的極限中，希望能盡量有效地燃燒自己，這是所謂跑步的本質，也是活著（而且對我來說也是寫作的）的隱喻。我相信很多跑者也會贊成我這樣的意見。

我到東京事務所附近的體育館去，請他們幫我做肌肉拉筋，這該稱為他力拉筋吧，自己沒辦法一個人有效做到的拉筋部分，借教練的幫助來做。在長時間辛苦訓練之後，全身肌肉緊繃起來，如果沒有做做拉筋的話，比賽之前身體可能爆胎。把身體逼到極限固然重要，但如果超越極限，會把身體也搞壞。

幫我拉筋的教練是一位年輕女性，但力氣很大。也就是說她給我的「他力」是伴隨著相當——應該算是強烈——疼痛的。半小時的拉筋結束後，我內衣都全濕了。「你的肌肉好僵硬。這樣會抽筋的。」她每次都佩服地說。「一般人的話早就出問題了。這種狀態，居然能過普通的生活。」

肌肉這樣過度使用，早晚什麼地方會出問題，她說。或許真是這樣。不過我想——只是這樣希望——應該可以撐得過去。因為我長久以來，一直以接近極限的方式對待我的肌肉。在密集訓練的時候，我的肌肉一直變得很僵硬。早晨穿上跑鞋開始跑的時候，兩隻腳好沉好重，甚至覺得難道就要永遠無法正常動作了嗎？剛開始在路上遲鈍地跑起來，幾乎是抽筋的感覺，連快步走路的婦人都追不上。但耐著性子跑著之間，肌肉逐漸放鬆下來，約二十分鐘之後才總算可以跟上和別人一樣的步調。速度也逐漸提高。接下來不必特別辛苦，就能機械性地繼續跑了。

換句話說我的肌肉，是屬於啟動前比較花時間的類型。要動起來非常慢。相對的，一旦熱身動起來，則可以長時間順利動下去。算是典型「適合長距離跑步」的肌肉。完全不適合短程賽。如果參加短程賽，在我的肌肉引擎啟動之前可能比賽已經結束了。這種肌肉特性，我雖然不了解專業的說法，不過某種程度上應該是天生的。而且這種特性，似乎和我的精神特性直接相關。換句話說，人的精神，可能是被肉體的特性所左右？或者說，精神特性對肉體的形成能發揮作用？或是精神和肉體彼此密切影響、互相作用呢？我只能說，人可能天生就有一種類似「整體性傾向」，不管自己喜不喜歡，都逃不了。某種程度上傾向可以被調整，但無法根本改變。人們把這稱為天性。

我的脈搏平常一分鐘只有50下左右。我想這算是相當慢的（順便一提，在雪梨奧運拿金牌的高橋尚子小姐聽說只有35下）。不過跑三十分鐘之後，就會提高到將近70，全力跑完之後，將近100。換句話說，我透過某種程度的密集跑步，才能達到和普通人同樣程度的脈搏數。這也明顯屬於「適合長距離跑步」的體質。自從每天跑步後，脈搏數眼看著變慢。配合著跑長距離這樣的機能，身體調整了脈搏數。如果一開始脈搏就快，隨著跑步的距離增加又再逐漸提高的話，心臟立刻會爆掉。我在美國去醫院時，通常護士會先做類似預診的檢查，這時會量脈搏，每次她們都會說：「啊，你是跑者吧。」長距離跑者長久下來，大都變成同樣的脈搏數了。跑在路上，立刻可以分辨出是初學的跑者，還是老經驗的跑者。呼呼喘著短氣的是初學者，安靜規則呼吸的是老經驗跑者。他們的心臟慢慢的，一面落入沉思一面刻著時間。我們一面在路上擦肩而過，一面聽取彼此的呼吸節奏，感覺著彼此刻時間的方式。和作家們一面感覺著彼此的語法一樣。

無論如何，我的肌肉，現在變得相當堅硬結實。自己不管做多少拉筋，都無法變柔軟。雖然訓練有所謂巔峰時期，即使如此我還是覺得太硬。有時候，不得不使勁地用拳頭咚咚地敲打腳變硬的地方（當然很痛），讓肌肉放鬆。就像我有點頑固那樣，不，我的肌肉比我更頑固。肌肉會記憶，會忍耐。某種程度也會進步。但不會妥協。也不會融通。不過不管怎麼說，這是我的肉體。擁有限度和傾向的，我的肉體。就像容貌和才能那樣，因為別無選擇，就算有不喜歡的地方，也只能這樣撐過去。年齡漸增之後，這種配合似乎會自然形成。就好像打開冰箱，用裡頭僅剩的東西，也能俐落地做出適當（而且有幾分靈巧的）菜來一樣。就算只有蘋果、洋蔥、乳酪和酸梅乾，也不抱怨。就以現成的東西將就。有東西就該感謝了。能這樣想，也是上了年紀之後的少數好處之一。

久違之後，重回東京街頭跑步。9月的東京還很熱，都會的殘暑更熱。全身汗流浹背地默默跑著。感到帽子已經變得濕答答。看得見汗從身上濺出。汗水濺出的樣子化為影子清晰地映在路面。濺出的汗水落在路上，轉眼就蒸發。

長距離跑者的形貌，全世界似乎都一樣。都是一面在想著什麼一面跑的樣子。雖然或許什麼也沒想，不過看上去卻像一直在思考著什麼。這麼熱還這麼認真地跑啊！不禁感到佩服，不過，我自己也正做著完全一樣的事。

在跑外苑路線的途中，有一位路過的女士開口打招呼。是我的一個讀者。這種事情雖然很少，不過偶爾也會有。我停下腳步短短的交談。「我一直在讀您的小說，已經持續二十年以上了。」她說。從十八九歲開始讀，現在已經快四十了。人都是公平地上年紀的。「謝謝。」我說。微笑一下，握手告別。我想我的手應該是汗濕的。然後我再度跑起來。她朝她的目的地——雖然不知道是哪裡——繼續走。我朝我的目的地繼續跑。我的目的地？當然是紐約。

第5章

2005年10月3日　麻州劍橋

就算當時，
我留著長長的馬尾巴

在波士頓周邊，一整個夏天中有幾天，是令人想詛咒一切的不愉快日子。不過只要忍過這幾天，之後的一切都相當不錯。有錢人紛紛到佛蒙特和鱈角避暑度假，因此街上空蕩蕩的很舒服。行道樹沿著河邊的散步道灑落蔭涼的影子，光輝眩目的河面上哈佛大學和波士頓大學的學生們正在努力做著獨木舟划船賽（regatta）的練習。女孩子們在草地上鋪開沙灘浴巾，一面聽著隨身聽或iPod，一面大方地穿著比基尼泳裝做日光浴。賣冰淇淋的小貨車也開過來做生意。有人彈著吉他唱著尼爾·楊（Neil Young）的老歌。長毛狗目不斜視地飛奔著追逐飛盤。坐在豆沙色SAAB敞篷車上支持民主黨的精神科醫師（大概），正迎著暮色裡的晚風駛過河邊道路。

然而，不久新英格蘭獨有的短暫而美麗的秋天，經過幾度來回之後終於取代了一切。曾經包圍著我們、壓倒性的深綠色，便一點一滴逐漸把位子讓給了淡淡的黃金色。接著時序到了跑步短褲外必須加件運動長褲的時候，黃葉被秋風吹得到處飄飛，橡樹子掉在馬路上發出乾脆堅硬的「咚、咚」聲響。勤快的松鼠，為了確保過冬的糧食，正慌張機伶地奔波。

萬聖節結束後，冬天簡潔、沉默，而確實地降臨了，簡直就像能幹的收稅員一樣。一留神時河面已經結了一層厚厚的冰，而划船賽的小艇早已消失了蹤影。如果願意，也可以從河面走到對岸去。樹木一片葉子也不剩地落得精光，細細的枝椏被風吹動，互相摩擦時發出乾骨頭般卡答卡答的聲音。樹上看得見松鼠築的巢，他們可能正在裡面安靜地作著夢。毫不驚慌的美麗加拿大雁鵝成群地從北方飛來（是了，北方還有比這裡更冷的地方）。從河面吹來的風像剛剛磨過的柴刀那樣，冰冷、銳利。日照逐漸縮短，雲層逐漸增厚。

我們戴上手套，毛線帽拉低到蓋過耳朵，甚至戴上面罩。即使這樣，指尖還是凍的，耳垂冰冰痲痲地疼。如果只有冷風還好，只要忍著點，也總能忍受。要命的是大雪，下個不停的積雪在夜間變成滑滑的巨大冰塊，把道路堅硬地塞住了。我們只好放棄跑步，到室內游泳池去游泳，或踩那無聊的跑步機腳踏車，一面整頓體力，一面等待春天的來臨。

這就是查爾斯河。人們來到這裡，以各自的作風，圍繞著河流度過自己的生活。也許只是悠閒地漫步，帶狗散步、騎自行車、慢跑，或溜滑板玩樂（老實說我真搞不懂那樣可怕的東西怎麼能「玩樂」呢？）。人們宛如被磁力吸引般聚集到這河邊來。

能在日常生活中看到大量的水，對人類來說或許是意義非常重大的行為。所謂「對人類來說」的說法，也許有點過度誇張，不過至少對我來說，好像是很重要的事。如果有一段時間沒看到水，就會感覺自己好像在逐漸失去什麼似的。或許多少有點像喜歡音樂的人，因為某種原因而長期遠離音樂時的那種心情。這或許跟我生長在海邊多少有關係。

水面每天都會微妙地變化，顏色和波浪的形狀和流速都在改變。而且季節也使圍繞著河流的植物和動物相貌確實地改變下去。各種大小各種形狀的雲不知從哪裡出現又消失，河流受到陽光照射而反映出水面的白雲飄浮來去，時而鮮明，時而曖昧。隨著季節的變換，風向也像切換開關般地改變。從那肌膚的觸覺和氣味和方向，我們可以明確地感覺到季節推移的刻度。在伴隨著這種真實感的流動中，我們認識到所謂自己的存在，只不過是大自然巨大鑲嵌畫中微小的一片而已。就像河水那樣，不過是流過橋下奔向大海而去的可交換自然現象之　而已。到了3月凍結的雪終於溶解，雪溶後討厭的泥濘也乾了，當人們脫下厚厚的大衣，出現在查爾斯河岸的時分（河岸的櫻花開始開放還要很久以後。這地方的櫻花要5月才開），「好了，大餐差不多也準備好了……」於是波士頓馬拉松終於來臨。

現在才10月初。穿著無袖襯衫跑時，果然也會感到冷了。不過要穿長袖襯衫則還太早。到紐約的比賽還有一個月多一點。差不多必須把「公里數」降低，把這陣子累積的疲勞消除了。以英語來說是tapering（遞減）的時期。接下來不管練跑多少距離，對比賽已經沒有幫助，反而會扯後腿。

回顧到現在為止的跑步紀錄時，我覺得自己似乎以不錯的步調為比賽累積了不少準備。

6月　260公里
7月　310公里
8月　350公里
9月　300公里

跑步距離描繪出美麗的金字塔型。如果換算成每週的跑步距離，就是60公里→70公里→80公里→70公里。10月可能會以和6月大致一樣的速度跑（每週60公里）。

我也買了新的美津濃牌跑步鞋。在劍橋的「運動城」（City Sport）試穿過各種廠牌的跑步鞋後，選了和現在練習時所穿同樣的美津濃牌。鞋體輕、腳後跟墊稍微硬一點。而且照例，穿起來感覺不太親切。不過這廠牌的鞋子，正因為不加怪異的調味，而令人有自然的信賴感。當然這只是我個人的感想。人各有好。我曾有機會和美津濃牌的營業主管談話，他當時就說：「我們牌子的鞋子看起來很樸素不起眼。但我們對產品有自信，雖然看起來好像不可愛。」他想說的意思我很了解。既沒有新奇的噱頭，缺乏時尚感，也沒有華麗的廣告辭。所以對一般消費者不太有吸引力（以汽車來說也許接近SUBARU的形象）。不過鞋底很確實、可靠地抓住地面。以經驗來說，跟我一起跑了26英里，算得上是無可挑剔的同伴。不過最近的鞋子性能已有飛躍的進步，因此只要價格一定，選擇任何廠牌應該沒有多大的差別。雖然這麼說，一點調味上的微小差異也能被感覺出來，跑者們經常還是會追求那種些微的意識的爆發性。

這雙新鞋，到正式比賽前要花一個月時間，讓雙腳慢慢適應。

長久密集練跑所帶來的積勞還沒消除，因此速度很難提高。早晨沿著查爾斯河邊以自己的步調悠閒地跑著時，被看來像哈佛大學的女新生一一從後面超過去。她們多半是小個子，苗條清瘦，穿著附有哈佛校徽的胭脂色襯衫，金髮紮成馬尾，一面聽著新買的 iPod，一面迎著風筆直地跑過道路。從中可以明確感覺得到某種帶有攻擊性的挑戰性的東西。她們似乎已習慣一一超越別人這種事，可能不習慣被超越。她們看起來就很優秀、健康、有魅力、認真，而且對自己擁有確實的信心。她們的跑法，怎麼看多半都不適合跑長距離。屬於典型的中距離跑者的跑法。跨步長、踢步尖銳、強勁有力。一面眺望周圍的風景一面悠閒地跑步的做法，對她們的精神狀態一定無法適應吧。

跟她們比起來，不是我自誇，不過對於輸這件事倒相當習慣了。世間超出我能力範圍的事情太多了，怎麼都贏不了的對象太多了。但是她們可能還不太知道這種痛吧。而且當然，以後也沒有必要去知道這種事情。一面眺望著她們那搖搖擺擺頗為自豪的馬尾巴，和修長好戰的雙腳，我漫無邊際地想著那樣的事。並且一面保持步調一面悠閒地沿著河邊的道路跑。

我的人生過去是否也有過那樣光輝的日子？是啊，也許有過那麼一點。不過，就算那時候我也有過長長的馬尾，可能也沒有她們擺動得那樣自豪吧。而且我當時的腳，應該也沒有像她們的腳那樣強有力地踢著地面。不過，這要說當然也是當然的事，畢竟她們是世間哈佛大學的，閃閃發亮的新生。

不過眺望她們的跑姿，也是一件美好的事情。可以純樸地確實感覺到，世界就這樣確實地繼續傳承下去。結果，那就像是世間的傳統。所以我被她們從後面超過去，也沒有特別感到不甘心。她們有她們相應的步調和時間性。我有我適當的步調和時間性。這些是成立方式完全不同的東西，不同是理所當然的。

早晨跑河邊的路線，大概在相同的時間會和一些人相遇。一個獨自散步的小個子印度婦人，年齡大約六十幾，容貌高尚，經常穿著漂亮的衣服，而且很奇怪——或許一點也不奇怪——每天都穿不同的衣服。有時候身上纏著瀟灑的印度沙麗，有時候穿著有大學名字的寬大運動服。不過（如果我沒記錯的話）我一次也沒看過她穿同一件。查看她今天會穿什麼樣的衣服，也成為我早晨跑步時的微小樂趣之一。

有右腳裝著巨大漆黑矯正器，疾步走的中年人，一個大個子白人。也許是受了重傷吧，可是那矯正器——光就我所看到——已經裝了四個月了。他的右腳到底發生了什麼事？無論如何，步行好像完全沒問題，這個人以相當快的速度走。戴著大型耳機一面聽著音樂，一面默默地以堅決的速度沿著河道走。

昨天我一面聽著滾石的〈乞丐饗宴〉（Beggars Banquet）一面跑。像〈憐憫惡魔〉（Sympathy for the Devil）的 ho-ho-這種照例 funky 的背景合唱，真是最搭配跑步了。之前一天則一面聽艾力克・萊普頓（Eric Clapton）的《吉他之神啟示錄》（Reptile）專輯一面跑。都是無可挑剔的音樂，能感動人心，聽幾次都不會膩。尤其是〈吉他之神啟示錄〉，我一面跑一面聽了很多次。如果讓我發表個人意見的話，我覺得〈吉他之神啟示錄〉是早晨慢跑時最適合聽的曲子。絲毫沒有強迫人或刻意做作的地方。節奏經常很確實，旋律始終非常自然。我的意識靜靜地被吸進音樂裡去，我的雙腳配合著節奏規則地往前踏出，往後踢去，並與耳機流洩出來的音樂混合。有時會從後面傳來「往你左邊！」（On your left!）的喊叫聲，競技的自行車便發出咻的聲音，從我左側騎過去。

寫小說這件事——一面跑步——一面再來考察。

有時候有人會說：「像村上先生這樣，每天過著健康的生活，不久以後會不會寫不出小說來？」在外國的時候不太會被這麼問，在日本的時候，好像許多人有這種意見。他們認為寫小說這種事，就是一種不健康的行為，作家必須在遠離公共秩序善良風俗處，盡可能過著不健康的生活。如此，作家才能與俗世訣別，才能更接近擁有藝術價值的某種純粹性——世間根深柢固地擁有這類共同的觀念。長期以來，似乎已經形成藝術家＝不健康（頹廢）的公式。電影和電視劇上，經常出現這種刻板的——說得好聽一點是傳奇性的——作家。

寫小說是不健康的作業，這種主張，基本上我想贊成。我們在寫小說的時候，也就是在用文章把故事塑造起來時，無論如何都必須把人性中根本存在的毒素挖出表面來。作家多少必須向這毒素正面挑戰，明明知道危險卻必須俐落地處理。沒有這種毒素的介入，是無法進行真正意義上的創造行為的（很抱歉以奇怪的比喻來說，就像河豚那樣有毒的地方才最美味，或許有點像）。這不管怎麼想都不能算是「健康的」作業吧。

總之所謂的藝術行為，從成立方式開始，就內含著不健全的、反社會性的要素，這點我承認。所以作家（藝術家）之中，有不少人從真實生活本身的層面開始變得頹廢，或穿上反社會的外衣。這點也可以理解。不如說，我決不否定這樣的姿態。

不過我想，如果希望以寫小說為職業的話，我們不得不建立自己足以對抗那樣危險的（有時甚至是致命的）體內毒素的免疫系統。這樣一來，我們才可能正確而有效地處理更強的毒素，也就是說，才能創造出更強有力的故事。而為了製造出自己的免疫系統，並長期維持下去，需要有一點也不馬虎的能量，必須從什麼方面求取這能量。那麼除了我們自己的基礎體力之外，還有別的地方可以找到這能量嗎？

被誤會就傷腦筋了。不過我並不是主張這種做法對作家來說是唯一正確的道路。就像文學有各種文學一樣，作家也有各種作家。而且各種不同的作家，擁有各自不同的世界觀，處理的東西不同，目標也不同。所以對作家來說，絕對沒有唯一的正確做法之類的東西。這是當然的。不過如果容我說我自己的話，我認為強化「基礎體力」是朝向更大的創作不可或缺的，我相信這是值得去做的事情（至少去做要比不做好得多）。而且，雖然是相當平凡的見解，不過真就像人們常說的那樣，越是值得做的事，越有熱心去做的（有時甚至做過頭的）價值。

要處理真正不健康的東西，人必須盡量健康才行，這是我的基本方針。也就是說不健全的靈魂，也需要健全的肉體。聽起來好像矛盾似的。不過，這是我當了職業小說家之後，一直親身深切體會到的事。健康的事物和不健康的事物絕對不是處於兩極位置，也不是對立的，而是互補的。有些情況下是可以互相自然包含的。追求健康的人往往只考慮到健康的事，志向不健康的人只考慮到不健康的事。不過像這樣的偏向一邊，不會帶給人生真正有結果的東西。

年輕時候寫出優美有力作品的作家，到了某個年齡，疲憊色彩急遽加深。和「文學憔悴」的用語十分吻合似的獨特疲憊方式。所寫的東西或許依然美麗，那憔悴方式也或許自有味道。然而那裡面的創作能源卻正在衰減，誰都看得出來這一點。我推測可能正因為他（她）的體力，無法戰勝自己所處理的毒素而致。過去能自然凌駕毒素的肉體活力，過了某一個巔峰之後，免疫效果已經徐徐喪失。這樣一來他（她）難以再像過去那樣繼續做主體性的創造。想像力和支持那肉體能力的平衡已經崩潰，然後，只能巧妙運用過去所培養起來的技術和方法，利用像餘熱般的東西調整作品的形式。這是極保守的表現，應該不是愉快的人生行程。也有人，在這裡就斷絕自己的生命。也有人乾脆放棄創作，往別的道路前進。

我希望能盡量避免這種「憔悴方式」。我所考慮的文學，是更自發性的、向心性的東西。其中必須要有自然的積極的活力才行。對我來說，寫小說是向險峻的山挑戰，掙扎攀上岩壁，經過長久激烈的格鬥之後，才到達山頂的作業。看看是勝過自己還是敗給自己，後果只有這二者之一。把像這樣的內在印象放在心頭，每次都這樣寫著長篇小說。

不用說，人遲早是要輸的。隨著時間的經過，肉體不管願意與否終歸會消失。遲早會敗退、消滅。只要肉體消失（終究會），精神也就失去寄託的場所。這種事沒有別的可能，只能希望這個點——也就是我的活力被毒素打敗凌駕的點——能盡量延後。這是身為小說家的我所努力的目標。現在，我還沒有閒暇「憔悴」。所以就算被人說「那樣不是藝術家」，我也會繼續跑。

10月6日在麻省理工學院有一場演講，不得不在人前說話，因此今天我一面做著演講的練習（當然不出聲）一面跑。這種時候當然不聽音樂。腦子裡悄悄說著英語。

在日本時，幾乎沒有在人前說話的機會，也不做演講之類的事。不過我倒用英語演講了幾次，以後如果有機會我想也會再講吧。說來奇怪，以在人前說話為限，與其用日語說（到現在還相當不自在）不如用英語說反而輕鬆。可能因為用日語要完整講什麼事情時，自己就會像要被語言之海吞沒的感覺所襲擊。這時有無限的說法可以選，有無限的可能性。身為作家的我和日語實在貼得太緊密了。所以要用日語向不特定的多數人說話時，就會在那豐饒的語言之海中迷惑不已，挫折感突然升高。

要用日語，我還是寧願選擇守著書桌，一個人寫文章的這種行為。在文章這個本壘，我多少還可以自在而有效地掌握語言和文脈，並轉換成形式——因為這是我的工作。然而要試圖把這照理已經擷取下來的東西，在人前實際發出聲音試著說出口時，卻會確實感到其中有什麼（什麼重要的東西）掉落了。我想我可能無法接受這種乖離吧。現實上，我盡量不讓自己的臉公眾化——因為走在街上不喜歡被人開口打招呼——這是我不在人前出現的最大原因。

不過用外語把話重新組合時，我所能選擇的用語和可能性必然有限（我雖然喜歡讀英文書，卻相當不擅長英語會話），所以反而可以帶著輕鬆的心情出場。心想反正是用外語所以沒辦法啊。這是很有趣的發現。當然準備得花很多時間。演講前，我必須把三十到四十分鐘的演講稿全部放進腦子裡，才能站上講台。如果一一唸原稿，就無法把活生生的感情傳達給聽眾了。所以我不得不選擇發音能讓人們容易理解的詞語，為了讓聽眾放鬆，某種程度也不得不引他們笑。類似我這個人的人格，也不得不巧妙地傳達給對方。為了讓對方聽我的話，就算一時也好，也必須讓在場的人站在我這邊支持我，因此說話方式必須練習好幾次，這是非常費工夫的作業。不過從這裡，我可以感覺到自己正在向某種新的東西挑戰。

我發現跑步時很適合背誦演講稿。我一面幾乎無意識地踏著腳步，一面在腦子裡依順序把語言排出來。衡量文章的節奏，想定語言的聲響，這樣把精神放在某個別的地方一面跑時，就可以在不勉強的自然速度下，長時間繼續跑。只是在腦子裡一面說話時，會不自覺地露出表情，加上手勢，一面跑一面這樣做時，對面跑來的人會露出訝異的臉色。

今天跑步時，發現一隻很大很肥的加拿大雁鵝死在查爾斯河邊。也有一隻松鼠，死在樹根旁。牠們彷彿深深睡著了似的死了，那表情只是安靜地接受生命的結束。看上去還帶著總算從什麼解放了似的樣貌。河邊的船屋附近，有個穿著一層又一層髒衣服的流浪漢，一面推著購物車一面大聲高歌〈美哉美國〉（America the Beautiful）。那是毫無保留地從內心唱出的歌聲嗎？或是某種深深的諷刺呢？路過的我無法分辨。

不管怎麼樣，月曆已經換成10月了。轉眼之間一個月就結束了。嚴酷的季節已經近逼到跟前。

•1983年7月18日，第一次跑完全程馬拉松，終點就是馬拉松發祥地的馬拉松。

•跑完後，在希臘式的餐廳兼咖啡廳、塔維爾那休息。

•開跑後12公里一帶。在連續上坡的馬拉松街道一直跑。

•1995年4月16日在Tufts大學的跑道。

•1993年到1995年住在麻薩諸塞州劍橋，歸屬於Tufts大學。

• 在查爾斯河畔經常看得見跑者的身影。

• 1994年4月18日，波士頓馬拉松當天。中央稍左，穿深藍色上衣的就是作者。

1996年6月23日，薩羅馬湖100公里超級馬拉松。

- （上）在55公里的休息站換過衣服，挑戰上下坡很大的路線中最大的難關。
- （下）到達終點！11小時42分，跑完100公里。
- （左頁）97公里處，穿過沃克原生花園。

1301

• 1997年8月某日，在東京・江戶川自行車路線，跟在教練後面做自行車特訓中。

• 1997年9月28日，參加村上國際鐵人三項大賽。戴著自行車安全帽。

• 從游泳轉到自行車，掌握「到死都是18歲」號。邁向難關的自行車競技。

第6章

1996年6月23日　北海道薩羅馬湖

誰都不再敲桌子，
誰都不再摔杯子

您有沒有在一天之內跑完100公里過？世間絕大多數的人（或者應該說，精神正常的人）應該都沒有。首先，健康正常的市民就不會做這種魯莽的事情。但我卻有過一次。從早晨到黃昏跑完100公里的賽跑路程。體力消耗當然激烈，跑完後有一陣子，會有以後暫時不想再跑的心情，心想這種事可能不會再做第二次了。不過未來的事誰也不知道。或許忘記教訓，什麼時候又再挑戰超級馬拉松也未可知。明天會發生什麼，不到明天是不會知道的。

話雖如此，現在回想起來，才知道這次比賽對身為跑者的我，是一件意義匪淺的事情。一個人跑完100公里的這個行為，到底擁有多少一般性的意義呢？我不知道。不過那通常可能以「雖然大為脫離日常性，但基本上是並沒有違反人道的行為」，帶給你的意識某種特殊的認識。會在自我認知的觀點上，附加幾個新的要素。結果你的人生光景、色調和形狀可能因此有了變化。多多少少、或好或壞。我的情況就有了這種變化。

接下來我要寫的，是整理出我在比賽後幾天裡為了「不要忘記」而寫下的心象速寫般的文章。事隔十年重新讀來，那時候一面跑一面想到和感覺到的事便鮮明地復甦了。那嚴酷的比賽在我心中留下了什麼樣的東西——喜歡的東西，和無法那麼喜歡的東西——大體上應該可以讓大家理解。雖然可能也有人只會說：「這種事情我搞不懂。」

☆

薩羅馬湖100公里超級馬拉松，每年6月在沒有梅雨季的北海道舉行。北海道的初夏雖然是很舒服美好的季節，不過薩羅馬湖所在的北部離真正夏天還早得很。開跑時刻的清晨尤其冷颼颼的。為了不讓身體受寒，不得不穿上夠厚的衣服。等太陽升高，身體逐漸暖和起來之後，跑者才像一再蛻變成長的昆蟲那樣，一面跑著一面把身上的衣服一件又一件地脫下來丟掉。到最後都沒有脫下手套，穿無袖汗衫還有點太冷。如果下起雨來，應該會相當冷。幸虧當天的天空雖然覆蓋著雲層，卻沒有下一滴雨。

跑在面臨鄂霍次克海的薩羅馬湖週圍，繞著湖跑。實際跑看看才知道，這是個大得不得了的湖。湖西側的湧別町是起跑點，東側的常呂町（現北見市）是終點。最後路程（從85公里到98公里）穿過沃克原生花園，一個面臨大海的細長廣大的自然公園。以路線來說——如果有餘暇觀賞風景的話——非常美麗。全程雖然沒有類似所謂的交通管制，不過因為本來就是人車極端稀少的地方，所以並沒有特別需要。路邊牛群在悠閒地吃著草。那些牛對跑者幾乎沒有顯示任何興趣，只忙著吃草，沒空閒去理會好事的人類缺乏常識的行為。同時跑者也沒有餘裕去注意那些牛的動向。超過42公里之後，每10公里就有一個關卡，在規定的時間內沒有通過這裡就自動喪失資格。每年都有很多跑者受到喪失資格的處分。是一個限制相當嚴格的大會。以跑步為目的特地遠道來到日本的幾乎極北端，可不想在途中受到喪失資格的處分。無論如何都想在規定的時間內跑完。

這個比賽是日本超級馬拉松的草創者之一，大會在當地人士的手中推動得非常圓熟，很有活力地營運中。跑起來覺得非常舒服，是一個讓人很容易跑的大會。

從起點開始到第55公里處的休憩地點（休息站）的路程，沒什麼特別值得說的。我只是默默跑著，基本上和星期天早晨的長跑沒有兩樣。只要保持每公里跑6分鐘的步調，100公里可以10小時跑完。加上休息和用餐時間，和其他零碎事情，如果能控制在11小時之內就好了（後來才知道這是太天真的想法）。

在42公里的地點有「到這裡是全程馬拉松的距離」的標示。在水泥地上拉出一條清晰的白線。在跨過那條白線時，形容得誇張點，感覺身體稍微震動了一下。跑比42公里長的距離，有生以來這還是第一次。也就是說那裡是我的直布羅陀海峽，從那裡就要航向未知的大海了。前方到底有什麼在等著我，有什麼樣的未知生物生息其中，都無法想像。就算不及上古時代水手所感覺的恐懼，但還是親身感受到害怕了。

越過那條線，來到接近50公里的地點時，身體感覺到，咦，有一點改變的感觸。腳的肌肉好像開始變僵硬。肚子餓了，喉嚨也渴了。如果有給水地點，即使喉嚨不渴，也一定會注意補充少許水分，雖然如此脫水現象簡直像不祥的宿命般，感到身後正被懷著黑暗之心的夜女王追上來。腦子裡閃過些微的不安。還沒跑到一半呢，現在就開始這樣，100公里真的跑得完嗎？

到55公里的休憩地點換了新的衣服，吃了我太太為我準備的簡餐。因為太陽出來氣溫升高了，所以脫下半長緊身褲，襯衫和褲子換成新的輕的。把New Balance的超級馬拉松專用鞋從8號換成8．5號。腳開始脹起來，鞋子尺寸有必要加大一號。天氣一直陰陰的，沒有陽光照射，所以決定把遮陽帽也脫掉。帽子也有防止下雨時頭部受涼的目的，不過現在還沒有下雨的徵兆。既不太熱，也不太冷。對長距離跑步正是最理想的狀況。喝了兩個果凍狀的營養劑，補充了水分，吃了抹奶油的麵包和餅乾。在草地上仔細做了拉筋，小腿肌肉噴了消炎劑。洗洗臉把汗水和灰塵沖掉，上廁所辦完事。

在這裡大體上已經充分休息過了，在這之間一次也沒有坐下來。覺得如果一旦坐下來，可能就很難再度站起來開始跑了。所以小心不坐下來。

「沒問題嗎？」被問到。

「沒問題。」我簡潔地回答。除此之外就沒辦法答了。

補充過水分，做過下半身的拉筋之後走出道路，再度開始跑。剩下的45公里，只有繼續跑到終點了。不過在剛開始跑的時候，卻發現自己不是可以正常跑的狀態。腳的肌肉僵硬，已經變成像硬化的舊橡皮那樣。精力還充分足夠。呼吸也正常不亂。然而只有腳卻不聽話。雖然心裡想「好了，跑吧」，腳卻還是腳，跟我的想法好像有幾分不同。

沒辦法，對不聽話的腳放棄了，試著改成以上半身為中心的跑法。人幅揮動手臂搖擺上半身，把這運動量傳給下半身。利用這力量推動兩腳往前移出去（因此賽後手腕卻腫起來）。當然只能慢慢跑。跟快步走相差無幾的速度。不過在這樣做著時，好像稍微一點一滴地想起來，或覺悟了似的，腳的肌肉重新能動了，總算能以接近平常的感覺跑了。真幸虧。

不過腳雖然能開始動了，但從55公里休憩地點到75公里為止，卻苦得不得了。覺得自己好像是在緩慢通過絞肉機的牛肉那樣的感覺。雖然有往前進的意願，然而身體卻不聽話。好像一面拉緊手煞車，一面開上爬坡道似的。身體變成四分五裂，隨時都要散掉似的。油沒了、螺絲鬆了、齒輪數不對。速度急速下降，被別的跑者一一從後面超過去。也被七十歲左右的小個子女跑者超過，她開口招呼我：「加油啊。」傷腦筋，接下來到底會怎麼樣？前面還有40公里呢。

在跑著之間，身體的各部分依序開始痛起來。右腿一直不停地痛，然後移到右膝，移到左大腿……這樣，身體的各部分輪番交替，開始高聲喊痛。發出哀嚎，提出訴苦，緊急告狀，發出警告。對他們來說，跑100公里是未知的體驗，大家各有說詞。這個我很了解。但不管怎麼樣，現在只能忍耐著默默跑完。就像法國大革命時丹頓和羅伯斯比爾逞辯舌說服滿懷激憤、想舉旗反抗的激進革命議會那樣，我也拼命說服身體的各部分，勉勵他們、求他們、哄他們、罵他們、鼓舞他們。只剩一點點了。到這裡了總要再忍耐一點，加油啊。這樣。不過試想一想——我這才想到——他們兩個人最後都上了斷頭台啊。

不管怎麼樣，怎麼說，這充滿痛苦的20公里，總算咬緊牙根捱過去了。用盡所有的手段撐過去了。

「我不是人，是單純的機器。因為是機器，所以沒必要感覺。只管向前跑。」

我這樣對自己說。幾乎只想一點並忍耐著。如果想到自己是有血有肉的人，可能會痛苦得在途中就崩潰也不一定。自己這個存在確實在這裡，附隨著這個也有所謂自己這個意識。不過現在這時候，我努力把這些想成只不過是像所謂「方便的形式」似的東西而已。那是一種奇怪的想法，也是一種奇異的感覺。因為是有意識的東西在試圖否定意識。不過總之不得不把自己盡量趕進無機的地方去。唯有這樣才有繼續活下去的路，我本能地這樣覺悟。

「我不是人。是單純的機器。因為是機器，所以沒必要感覺。只管向前跑。」

這句話在腦子裡像印度真言（Mantra）那樣，在心裡反覆唸好幾次。名副其實「機械式地」反覆唸。並且努力把自己所能感知的世界盡量限定得更狹小。我眼睛看得到最遠處就是3公尺前的地面，更前面的地方就不知道了。我現在的世界，從這裡到3公尺前就結束。沒有必要想更前面的事。天空、風、草、吃草的牛群、旁觀的人、加油聲、湖、小說、真實、過去、記憶，這些對我來說，已經沒有任何關係了。從這裡到3公尺前的地點，要把腳移動到那裡——只有這個是我這個人，不，不對，是我這個機器的微小的存在意義。

到每5公里所設的給水處停下來喝水。每次停下來，就勤快地做做拉筋。肌肉像一星期前吃剩的配給麵包那樣僵硬。實在不覺得是自己的肌肉。

在放有酸梅乾的地方吃了酸梅乾。以前從來沒有感覺到酸梅乾竟然是這麼美味的東西。鹽分和酸味在嘴裡化開，一點一滴地滲透到全身。

與其勉強繼續跑，或許不如某種程度走一下比較聰明。很多跑者都這樣做。一面走一面讓腳休息。不過我一次也沒有用走的。為了拉筋才做的休憩倒勤快地做了。不過沒有走。我又不是為了走路而來參加這次比賽的。是為了跑步來參加的。因此——只因為這個——特地搭飛機來到日本的北端。不管跑的速度多麼緩慢，都沒有理由用走的。這是規則。自己訂的規則一旦打破，以後可能會打破更多規則，如果那樣的話，要跑完這路程可能就更難了。

就這樣重複一再忍耐地跑著時，到了第75公里一帶好像一下子穿過了什麼東西。有這種感覺。除了所謂「穿過」之外，我想不到更貼切的形容法。簡直像穿過石壁那樣，身體通到另一邊去了。是什麼時候通過的，想不起正確的時間點。不過一留神時，我已經移到對面那邊了。因此知道：「啊，這樣就穿過了。」雖然不太清楚什麼道理、經過和順序，總之只知道已經「穿過」了這個事實。

然後接下來不必考慮什麼，更正確說，是不再需要刻意努力去想「不要去想任何事情」。只要順其自然，繼續下去就行了。只要把身體交出去，某種力量就會把我自然往前推。

已經持續跑了這麼長的時間，肉體上不可能不痛苦。不過那時候，疲憊這件事，對我已經變成不是那麼重要的問題了。或許疲憊這件事，在我身上已經以所謂的「常態」來自然接受了。有一段時間騷動沸騰的肌肉革命議會，對於現有狀態似乎已經放棄再一一抱怨了。已經沒有人再敲桌子、沒有人再摔杯子了。他們把這疲憊當成歷史的必然、革命的成果，並默默包容著。而我則化為只有規律地前後擺動手臂，把腳一步步往前踏出的自動化存在。什麼也不想。什麼也不管。一回神時，連肉體的痛苦都幾乎消失無蹤了。或許像基於某種原因而無法處分的醜家具那樣，被推到某個眼睛看不見的地方去了。

就這樣「穿過」之後，我超過了很多跑者。過了75公里的關卡（沒有在8小時45分之內通過這裡，就會喪失資格）開始，很多跑者和我相反地把速度大為降低，或者放棄跑步開始改用走的。從那裡到終點為止，我大約超過兩百人左右。至少我數到兩百人為止。只有一兩次從背後被人超過。會去一一計算超過的跑者人數，是因為沒有其他特別的事可做。自己已經置身於這樣深深的疲憊之中，既然全盤接受這個，而且還能這樣繼續跑的事實就擺在這裡，以我來說，除此之外對世界已經沒有任何其他奢望了。

因為已經落入像自動操縱般的狀態了，所以如果叫我就那樣繼續再跑的話，說不定還能跑100公里以上。雖然說來奇怪，不過跑到最後，不只是肉體的痛苦而已，連自己是誰，現在正在做什麼，大體上這些事都從念頭中消失了。這應該是很奇怪的感覺，但我連感覺到那奇怪是奇怪都辦不到了。在那裡，所謂跑步這個行為幾乎已經到達形而上的領域了。首先行為在那裡，就像附隨在那上面才有我的存在。我跑，故我在。

跑馬拉松時，到最後，希望早一刻到達終點，總之滿腦子只想趕快跑完這比賽。變得沒有心情去想別的。可是那時候，一點也沒有想到這個。所謂終點，只是一個暫時的區隔而已，實際上覺得並沒有什麼了不起的意義。就像活著一樣。並不是因為有終點所以存在才有意義。只是為了方便地突顯存在這東西的意義，或者當作那有限性的迂迴比喻，而在某個地點暫且設定一個終點而已。我這樣覺得。相當哲學性。不過那時候一點也沒有想到這是哲學性。因為我不是以語言，而是透過身體實際感覺，如此而已。

從進入很長很長半島狀原生花園的最後路段開始，這種心情變得特別強。變成類似冥想狀態的跑法。海邊的景色很美，可以感覺到鄂霍次克海的氣味。暮色已經降臨（出發的時候是清晨），空氣呈現獨特的清澈。聞得到初夏深草的氣味。看得見幾隻狐狸群聚在原野之中。牠們很希奇地看著跑者。出現在十九世紀英國風景畫裡的那種意味深長的雲，厚重地覆蓋著天空。完全沒有風。我周圍有很多人，只是默默地朝向終點移動著腳步。在那之間，我能感受到非常安靜的幸福感。吸入空氣，吐出空氣。呼吸聲中聽不出凌亂。空氣非常安穩地進入我體內，然後離開我身體。我沉默寡言的心臟以一定的速度反覆膨脹縮小著。我的肺像勤勞的風箱那樣，規律地把新的氧氣送進體內。我彷彿目睹他們勞動的姿態，聽取他們所發出的聲音。一切都沒有問題地繼續動著。沿途的人大聲對我喊叫：「加油啊，只剩一點點。」那聲音以透明的風，吹過我的身體。我可以感覺到人們的聲音就那樣穿過到對面去。

我是我，我也不是我。這樣覺得。那是非常安靜的，靜悄悄的感覺。所謂意識並不是什麼了不起的東西。我想。當然因為我是小說家，所以工作上，所謂意識就變成相當重要的存在。在沒有意識的地方無法產生主體性的故事。雖然如此，我依然不得不感覺到，所謂意識並不是什麼了不起的東西。

雖然如此，我在通過常呂町的終點時，還是滿心歡喜。到達長距離賽跑的終點當然任何時候都很開心，不過這次胸中居然還稍微熱了起來。右拳往空中使勁揮出。時刻是下午4點42分。從起跑開始經過了11小時42分鐘。

經過半天之後總算可以在地上坐下來，用毛巾擦汗，盡情地喝水，解開鞋帶，在周遭慢慢暗下來之中，仔細地做著腳脖子的拉筋。雖然還不至於了不起到自豪的地步，不過這時候好像終於想起來似的，心中不覺升起一股類似成就感的感覺，那是「自己內部總算還有力量積極接受危險的挑戰，並超越那困難」的個人喜悅和安心。喜悅或許還不如安心感來得更強。可以感覺到類似體內堅硬綳緊的結，漸漸地鬆開了。雖然以前連自己體內有那樣的東西存在都沒有發現。

☆

剛跑完薩羅馬湖的比賽後，下樓梯時都不得不扶著扶手慢慢走。腳會一直發抖，沒辦法好好支持身體。但兩腳的疲勞幾天後就復原，可以像平常那樣上下樓梯了。不管怎麼說，我的兩腳長年以來已經調整成可以適應長距離跑步了。問題出在前面說過的手的部分。為了頂替腳的肌肉疲勞，可能過度用力擺動手部了。到了第二天右手腕開始叫苦，腫得又紅又大。雖然長期跑馬拉松，但跑完之後不是腳而是手出問題這還是第一次。

不過，超級馬拉松所帶給我的各種東西中，意義最重大的不在肉體上，而是在精神上，它帶來某種精神上的虛脫感，可以稱為"runner's blue"跑者的憂鬱（不過感官上來說那不是藍，而是接近白濁色），一不留神，這憂鬱就像一層薄膜般把我罩住。跑完超級馬拉松後，我對跑步本身，已經無法擁有像以前那樣自然的熱情了。當然現實上肉體的疲勞一直無法消除也有關係，但不只這樣。「想跑」的意欲，在自己心中已經沒有以前那樣明確了。不知道為什麼。不過那是難以抹去的事實。我心中發生了什麼。日常跑步的次數和距離也急劇減少了。

之後也跟以前一樣每年都跑一次全程馬拉松。不用說，抱著隨便應付的心態是無法跑完全程馬拉松的。所以還是要適度認真地練習，適度認真地跑完全程。不過那終究只停留在「適度」的領域。我身體的芯，好像有什麼沒見過的東西盤據著。不單純是跑的意欲減低而已，身為跑者的我在身上喪失了什麼的同時，也產生了新的什麼。而且可能，這樣一進一出的替換過程，帶給我未曾經歷的「跑者的憂鬱」。

我心中產生新的東西？雖然找不到貼切的語言，不過我想那或許是接近「諦觀」的東西吧。跑完100公里的賽程後，如果誇大地說，我好像是一腳踏進了「有點不同的地方」了。在過了75公里時，疲憊感忽然不知消失到什麼地方去之後的意識空白中，甚至有某種哲學性或宗教性的意味。在這裡似乎有迫使我做某種內省的東西。因此，我對跑這個行為，可能不再能像以前那樣擁有「無論如何一定要」，那種單純向前跑的心情了。

不，實際上可能沒有這麼嚴重。我只是，對跑這個行為有一點累了而已吧。歷經長久歲月，實在跑過太多距離了。或者到了迎接四十多歲之際，肉體能力方面正面臨所謂年齡這不可避免的牆。可能重新體認到自己已經過了肉體的巔峰，或者面臨整體上的男性更年期般的東西，經歷那個所帶來的精神上的低潮（在莫名其妙之間）。也可能是各種因素總合起來，攪成實體不明的負面雞尾酒般的東西。當事者的我，無法客觀地分析、解釋。無論如何我把這命名為「跑者的憂鬱」。

跑完超級馬拉松，不用說會帶來很大的喜悅，也會產生適度的自信。有跑過真好，現在也還這麼想。不過其中也有可以稱為「後遺症」的東西。在那之後很長一段期間，我面臨跑者的低落期（雖然並沒有光輝的過去足以這樣說）。每次參加全程馬拉松成績都逐漸下降。不管練習或比賽，就算多少有差別，但一切都變成只是同樣事情的儀式化反覆而已。再也沒有以前的心動興奮。比賽當天所分泌的腎上腺素的量，也好像減少一格刻度了似的。可能因為這樣，我的興趣便從全程馬拉松移到鐵人三項，並開始到健身房去熱衷地打回力球。結果，生活方式也漸漸一點一點地改變了。我開始想，不是只有跑步才是人生（雖然這本來也是理所當然），也就是說下意識地和「跑步」間保持了一點距離。就像失去初期不合理發熱的戀愛那樣。

而現在，我終於感覺到似乎逐漸脫離已經持續相當久的「跑者的憂鬱」陰影了。雖然還沒有完全脫離乾淨，但其中已經有某種新的開始的跡象。早晨為了跑步穿上跑鞋時，可以感覺到那些微的胎動。在我周圍，在我內部，空氣確實開始動了。我想這幼苗一定要很小心地培育。就像不要聽漏東西的聲響那樣，就像不要看漏風景那樣，就像不要迷失方向那樣，我向自己的身體集中注意力。

很久沒有這樣了，我懷著非常坦誠實在的心情，正為下次的全程馬拉松每天累積練跑距離。打開新的筆記簿，打開新的墨水瓶，打算在那上面寫新的字。為什麼又能重新懷有那樣豁達的心情呢？我現在還沒辦法有條理地說明。或許因為回到劍橋這地方和查爾斯河畔了，因此從前所感覺到的心情又甦醒過來了也不一定。單純地享受著跑步樂趣的昔日，又隨著熟悉的情景回來了。不，或許只是單純的時間問題。我內部因為進行著某種難以避免的調整，因此要一段必要期間，現在終於結束了，也許只是這樣。

前面也寫過，很多以寫作為業的人也可能是這樣，我是一面寫一面思考事情的。不是把想到的事情寫成文章，而是一面寫文章一面思考事情。透過寫這個作業逐漸形成思考下去。藉著重寫，以加深思考。不過不管文章如何串連，結論都出不來，怎麼重寫都無法到達目的地，這種事情當然有。例如——現在就是。這種時候只能提出幾種假設。或者只能把疑問本身一一解釋下去。或者把那疑問所擁有的結構，和其他某種東西試著做結構性的類比。

老實說，我不太清楚，到底是什麼樣的原因和經過把「跑者的憂鬱」帶給了我。而又是什麼樣的原因和經過使它變淡了，逐漸消失了，我還無法清楚說明。或許到頭來，我會這樣斷言，那可能就是人生啊。我們終究只能把那就那樣完全地、不問原因也不管經過地照單全收。就像稅金、海水的漲退、約翰．藍儂的死，以及世界盃的誤審那樣。

不過不管怎麼說，歲月繞了一圈，完成一個循環，我心中確實有這種感覺，跑步這行為又化成日常喜歡的事、且是不可或缺的一部分回來了。我每天這樣確實地跑著，已經四個多月了。這不再是單純機械式的反覆，也不是規定的儀式，而是身體自然要求，想要去路上跑步。就像乾渴的身體需要有水分的新鮮水果那樣。在11月6日的紐約市馬拉松大賽中，能夠以多愉快的心情，跑出可以接受的成果？我很期待。

跑多少時間不是問題。到現在，不管多麼努力，都無法再和以前一樣的跑了。我想主動接受這個事實。雖然很難說是愉快的事，但這就是所謂上年紀了。就像我有任務一樣，時間也有任務。而且時間比我更忠實、更確實地執行他的任務。畢竟時間是，從發生所謂時間這東西的時候開始（到底是什麼時候呢？）一時片刻都未曾休息地往前進到現在。而能避免年紀輕輕就死去的人，把那當成特殊恩典，被賦予確實老去的權利。而肉體衰弱的榮譽則等在後頭。我們不得不接受這事實，並習慣它。

重要的不是和時間競爭。而是能以多少充實感跑完42公里，自己能多愉快地享受，我相信以後這會擁有更大的意義。我可能將以數字所沒有表示出來的事情為樂，並肯定那價值。而且以繼續摸索和以前有點不同的成就為榮。

我既不是一個向紀錄挑戰的天真的年輕人，也不是一個無感的機器。而是個一面知道自己極限，一面盡量努力持久地保持自己的能力與活力的職業小說家而已。

紐約市立馬拉松大賽，還剩下一個月。

第7章

2005年10月30日　麻州劍橋

紐約之秋

彷彿在哀悼波士頓紅襪隊在分區預賽就那麼輕易輸掉（和芝加哥白襪隊對戰的「雙襪對決」中一勝都沒拿到）似的，接下來一連十幾天，新英格蘭地區冷雨下個不停。這是初秋的長雨。忽強，忽弱，有時像想起來似地停下來，但一次也沒有完全放晴過。天空始終滿滿地覆蓋著本地區特有的厚厚的灰色的雲。雨拖拖拉拉地繼續下著，態度就像永遠下不了決心的人那樣，最後才終於下定決心變成豪雨。從新罕布夏州到麻薩諸塞州，許多地方都造成水災。很多幹線道路都寸斷了（我並沒有要把道義責任推給紅襪隊）。我碰巧有工作而造訪緬因州的大學，那時候在新英格蘭北部移動，總之只留下從開始到結束都在陰暗的雨中開車的記憶。只要不是嚴冬，在這一帶旅行經常都是快樂的經驗，這次很遺憾卻不太巧。夏天已經太遲，紅葉季節則還太早。遇到非常猛的傾盆大雨，而且租的車雨刷出了點問題。身體筋疲力盡地半夜回到劍橋。

10月9日星期日，清早跑過賽程，這一天也下雨。這是主辦春季波士頓馬拉松大賽的波士頓運動員協會（BAA）每年在這個季節舉辦的半程馬拉松賽。以芬威球場附近的克來門提（Roberto Clemente）雕像為出發起點，越過牙買加點，在富蘭克林動物園中折返，回到同一個地方到達終點。今年有四千五百人參加。

以調整出參加紐約市立馬拉松賽的體能為目的，我參加了波士頓這次的賽程。以大約八分力氣跑，只有最後的3公里適度加把勁。不過要不出全力地「適度」跑賽程並不是簡單的事。周圍被其他跑者包圍著時，即使想不要也會不由自主地使出力氣來。跟大家一起「預備，去！」地開始跑賽程是很快樂的事，競爭本能也會不知不覺地抬起頭來。不過這時候卻要猛一下控制自己冷靜下來跑。因為真正的力氣要搭飛機帶到紐約去才用。

結果跑了1小時55分。和預期的時間差不多。在最後的幾公里稍微踩了一點油門，超過一百多人，在還有餘力之下到達終點。雖然是從頭到尾都下著霧般細雨的微冷星期天，不過胸前一掛上號碼，聽著周圍跑者的氣息一面跑在路上時，確實感到：「啊，賽跑季節又這樣回來了。」腎上腺素遍布全身每一處。因為平常都是一個人默默跑的，體驗這種環境成為一種很好的刺激。在真正的比賽中，要維持什麼樣的步調跑前半段才好呢？大致可以掌握那種感覺。進入後半段之後又該如何呢？不用說，不到那時候還不知道。

我在平常的練習中已經定期跑著半程左右的距離，比這長的距離也有幾次經驗，所以比賽可以說轉眼之間就結束了。跑完時覺得「咦，只有這樣嗎？」當然半程以適度的速度跑就累的話，全程馬拉松就成了地獄了。周圍跑著的人幾乎都是白人。尤其很多女性。不知道為什麼很少看見少數民族的跑者。

雨斷斷續續地下很了多日，期間也做了工作上的小旅行，暫時無法如願地跑步。紐約的比賽已經近在眼前了，所以不能跑本身不太成問題，反倒是可以好好休息。雖然明知賽前要消除疲勞最好能好好休息，但比賽近了心情還是很興奮，不知不覺就又跑起來。不過下雨的話，就「啊，沒辦法」可以乾脆放棄。這是好的一面。

不過，像這樣並沒有怎麼跑，膝蓋卻喊痛起來。就像人生常見的麻煩事情那樣，這疼痛沒有任何前兆就突然發生。10月17日，早晨我想走下公寓樓梯時，右膝突然痛起來。往某個角度彎曲時，膝頭感到獨特的疼痛法，和只是輕微疼痛有點不同。在某一點有類似不對勁的感覺，忽然使不上力。也就是所謂「膝蓋在笑」的狀態。不扶著扶手就無法下樓梯。

可能是密集練習期間的積勞，加上氣溫驟降，問題終於浮上檯面。進入10月後夏日暑氣還滯留不散，但持續下了一星期的雨，為新英格蘭一帶急速帶來真正的秋意。不久前還開著冷氣，現在冷風已經吹掃著街頭，眼前所見全變成晚秋的景象。人們急忙拉出毛衣穿上。松鼠也瞬間變臉般，忙著為蒐集食物而奔走。到了這種季節明顯變化的當兒，身體無論如何也會變調。年輕時還不會這樣，現在特別是帶有濕氣的寒冷天氣來臨，馬上就成問題。

對於每天密集練習的長距離跑者來說，膝蓋經常是哭泣的地方。只要一跑起來，據說每次著地時相當於體重三倍的衝擊便會加在腳上。這一天要反覆將近一萬次。堅硬的水泥路面，和這不講理的加重之間（雖然有鞋底緩衝），膝蓋一直默默忍著。這樣試想起來——平常幾乎沒想過這種事——覺得不出問題才怪。膝蓋應該偶爾也會想抱怨吧。「你放任鼻息粗聲粗氣地跑固然沒關係，不過至少也該顧慮一下我吧。一旦不行的話，可沒得代替喲。」

上次認真思考膝蓋到底是什麼時候的事了？一想到這裡，對膝蓋就有點不好意思起來。確實沒錯。鼻息要多少都有得替換，膝蓋卻無法替換。必須以現在的一直用到死為止。所以不能不珍惜。

前面說過，應該感謝，過去以一個跑者來說，沒經驗過重大狀況。沒發生過因為身體不舒服而無法出賽的事。也沒在比賽時中途棄權過。以前也有幾次右膝蓋（每次一定是右側）感覺不對勁過，每次都設法安撫，平靜下來。這次應該也沒問題吧。希望如此。但是躺上床之後，不安依然沒有消除。事到如今如果不能出賽怎麼辦？練習的組合方法我安排得不妥當嗎？拉筋拉得不夠嗎？（也許不夠），上次的半程馬拉松最後太用力跑了嗎？東想西想之間，沒辦法好好入睡。外面的風正冷冷地發出淒厲的聲音。

第二天醒來，洗過臉、喝過咖啡之後，我試著走下公寓樓梯。把手放在扶手上，集中精神在右膝上誠惶誠恐地走下樓。膝蓋內側還留有幾分不對勁的感覺。暗示著痛的感覺，不過已經沒有昨天那樣驚人的銳利疼痛。再試著走一次上樓下樓，這次接近平常的速度，走下四層樓，然後上樓。試試各種走法，試著從各種角度彎曲膝蓋。已聽不見關節不祥的嘎吱聲。稍微放一點心。

接著是和跑步沒關係的事。我在劍橋的日常生活不是很安穩。住的公寓正在大整修，白天電鑽和研磨機的聲音一直響個不停。四樓窗外工人來來往往，工程從早上七點半（天還沒大亮）就開始，繼續到下午三點半。樓上陽台的防水工程沒做好，房間裡漏水相當嚴重。連睡覺的床上都會被水滴到。把屋裡的容器全部總動員來接天花板漏下來的雨水還不夠，一屋子不得不鋪滿報紙。熱水器也突然故障，熱水和暖氣全面停擺。不只這樣。走廊的水災警報器的感應好像有問題，警報頻頻發出嗚嗚的聲響。總之每天都手忙腳亂地亂成一團。

我住的公寓，在哈佛廣場附近，走路能到大學的辦公室，以方便性來說是沒得挑剔的，但運氣不好遇上大整修期間。不過也不能老抱怨。還有堆積如山的工作不得不做，馬拉松大賽也快到了。

至少，膝蓋的麻煩好像停了。這怎麼說總是好消息。眼光盡量往好的方向看吧。

還有一件好消息。

10月6日麻省理工學院的朗讀會很成功。或者該說過份成功吧。大學方面為我準備了可以容納四百五十人的大教室，卻湧來一千七百人，不得不讓大部分的人回去。還動用了學校警衛維持秩序。因為這樣，使得開場時間延遲，而且冷氣故障。那天像盛夏一樣熱，滿屋子的人都汗流浹背。

「感謝各位特地來聽我朗讀。早知道會有這麼多人的話，場地應該選芬威球場才好。」我以這樣的開場白開始。因為天氣熱和入場又混亂，大家正感到不安中，有必要讓大家笑一笑。我脫掉外套，只穿著T恤開始講。聽眾（幾乎都是學生）反應非常好，我從頭到尾心情都很好，可以笑嘻嘻地談下去。有這麼多年輕人關心我的小說，真的很高興。

另外一件事是，翻譯史考特．費滋傑羅的《大亨小傳》工作也進行順利。第一次初稿已經完成，我正在花一點工夫修改成第二稿。一行一行仔細重看，加上修改之後，譯文才漸漸順，可以感覺到費滋傑羅文章原本的味道，更自然地轉換成日語。現在還說這種話有點不好意思，不過這一部真是不簡單的小說。不管重讀幾遍，都不會膩。充滿了文學的深度養分。每次讀都有某種新發現。都有重新強烈地深深感動的地方。年紀輕輕才二十九歲的作家，怎麼能這麼敏銳、公正，而且溫柔地讀取世界的真相呢？怎麼可能呢？我越想越不明白，越讀越覺得不可思議。

10月20日，因為下雨和腳痛而停了四天，又開始跑。下午，氣溫有點上升之後，我穿上溫暖的衣服在外面慢慢跑了四十分鐘左右。幸虧膝蓋沒有異常的感覺。最初慢慢、輕輕地跑，一面觀察反應一面徐徐加快速度。沒問題。腳、膝蓋和腳後跟，現在都沒問題地移動著。終於放下心頭的石頭。總之，出場比賽跑完全程，是比什麼都重要的事。跑到終點、不要用走的，還有，要享受參加比賽的樂趣。這三點依序是我想達成的目標。

連續放晴三天，幸虧這樣，我屋頂的防水工程也終於完成。監督工程的大衛（從瑞士來的高個子青年）上次一面抬頭看天一面臉色陰暗地說：「如果能有三天連續好天氣，防水工程就可以完工……」好不容易終於連續放晴三天。這樣一來就不用再擔心漏雨。熱水器也修好了，熱水可以順利出來。

總算可以洗溫暖的淋浴了。地下室因為熱水器施工而堵塞的狀況解除了，洗衣機和烘乾機可以用了。聽說明天開始室內就有暖氣。這陣子天天都過得很慘，事情似乎大多——包括膝蓋——都已經朝好的方向發展了。

10月27日。今天總算完全沒有不對勁的感覺了，可以使出八分力氣來跑。昨天還留下一點點不適的感觸，今天早晨完全可以從頭到尾照平常那樣跑了。我跑了五十分鐘左右，最後的十分鐘放膽提高速度。腦子裡設定真正比賽時，跑進中央公園，快到終點的狀況，根據那個提高速度。沒有任何問題。雙腳強勁有力地踢著路面，膝蓋筆直地伸展。危機已經過去了，大概。

周遭氣溫降得相當低。街上到處是萬聖節的南瓜，早晨河邊的路上，鋪滿各色各樣潮濕的枯葉。對清晨跑者而言，手套已經是必需品了。

10月29日，比賽前一星期。從早上開始飄起零星稀疏的雪，過了中午開始下起真正的雪。不久以前好像還是夏天哪，不覺感慨起來。這就是新英格蘭的氣候。我從大學辦公室的窗戶，眺望正在飄下濕濕雪片的光景。身體情況不錯。當練習的積勞還沒消除時，腳步感覺重而不穩，只能搖搖擺擺地起跑，最近則感覺可以很輕鬆地起跑了。我知道腳的積勞已經消除了。跑著時會有「想跑更多」的心情。

話雖如此，不安依然揮之不去。那在我眼前瞬間閃過的陰影，真的消失無蹤了嗎？是不是依然潛伏在體內的某個地方，正悄悄等待，準備隨時現身呢？就像藏身大宅院中人們目光所不及的地方，等著這家人入睡後再出動的妙賊那樣。我睜大眼睛，探視著自己身體的內部。想看出可能存在那裡的東西的模樣。但就像我們的意識是迷宮一樣，我們的身體也是個迷宮。到處充滿了陰影，到處都有死角。到處充滿了無言的暗示，到處有雙重意義在伺機蠢動。

我握有的只有經驗和本能而已。經驗教給我的是：「該做的都已經做了。事到如今再多想也沒有用。現在只能等當天來臨了。」本能告訴我的只有一句話：「想像吧。」我閉上眼睛試著想像。從布魯克林、哈林，往中城，和數萬個跑者一起穿過紐約街頭的自己的身影。自己現在正要越過幾座巨大的鋼鐵吊橋。一面沿著熱鬧的中央公園南邊跑著，一面朝向終點接近時的心情。跑完以後去吃東西，想起飯店附近一家古老的牛排店。這樣的光景，為身體帶來安靜的活力。我不再睜眼尋找暗影的顏色。不再側耳傾聽沉默的聲響。

在蘭登書屋出版社負責我書的編輯麗莎給我寫來e-mail。說她也決定要參加紐約市馬拉松。對她來說，這是第一次參加全程馬拉松賽。我回她：「好好享受跑步吧。」（Have a good time!）沒錯，馬拉松比賽要能樂在其中才有意義。如果不能樂在其中，為什麼有幾萬人要跑42公里的賽程呢？

我再度確認中央公園南（Central Park South）的飯店訂房，訂了波士頓到紐約的機票。把平常穿的跑步運動衫，和適度穿合了腳的鞋子放進健身袋裡。剩下的只有讓身體一面休息，一面安靜等候比賽來臨了。只有祈禱當天是好天氣，一個特別美麗的秋天的一天。

每次準備跑紐約市馬拉松造訪這個城市時（這次應該是第四次），我就會想起韋諾・杜克（Vernon Duke）作的優美瀟灑的歌曲〈紐約之秋〉。

雙手空空的尋夢者
為迷人的光景而感嘆
紐約之秋
我又回來了

Dreamers with empty hands
May sigh for exotic lands
It's autumn in New York
It's good to live again

11月的紐約真是充滿魅力的城市。空氣彷彿下定決心般乾爽澄澈而透明，中央公園的樹木開始染了金黃。天空無比晴朗，摩天樓的玻璃帷幕燦爛地反射著陽光。一條又一條的街道，彷彿可以無止盡地永遠繼續逛下去。柏朵・古德曼（Bergdorf Goodman）百貨公司的櫥窗裝點上高級的喀什米爾毛大衣，街角散發著烤Pretzel餅的香味。

比賽當天，我能在紐約的秋天，以自己的腳步一面跑過那「迷人的光景」，一面盡情享受這次跑步嗎？或者絲毫沒有這種心情的餘裕呢？當然不跑不知道。這就是馬拉松比賽。

第8章

2006年8月26日　神奈川縣海邊的一個地方

到死都是18歲

現在我正為了參加鐵人三項而努力練習。最近這段期間都在密集練習自行車。我每天在大磯海邊一條名叫「太平洋岸自行車道」的道路（名稱氣派，卻局部切斷得不太好騎的路）騎一到兩小時，沿著側風很強的海邊路上，努力騎自行車。因此，現在從大腿到腰部的肌肉呈現堅硬緊繃的狀態。

賽車用的自行車在踩踏板的同時，身體必須提高。藉著腳踩踏板、提高身體，來加速。這樣一來，能盡量維持腳轉動的順暢。尤其是要騎往長段上坡路時，「提高身體」就成為重點。然而這「提高」所需用到的肌肉，因為在日常生活的領域幾乎用不到，因此在練習自行車時，那部分的肌肉必然感到疲勞不堪，非常緊繃。早上練習騎自行車，傍晚跑步。這樣訓練下來，肌肉僵硬也要跑。當然並不是非常愉快的練習。不過也不能抱怨。因為真正比賽時就會發生這種情況。

我真正認真練習騎自行車，只在鐵人三項比賽的幾個月前。因為本來就不討厭跑步和游泳，所以即使沒有比賽，生活中也會自然做這兩項運動，只有自行車的練習卻不太辦得到。我對自行車感到有壓力的原因之一，是因為它是需要「道具」的。像安全帽和自行車用的鞋子等，需要各種附屬品。對器具、零件的保養也不可或缺。不過我天生就不擅長這種「道具的保養」。還有練習路線也必須確保要是那種能自由提高速度的安全路線，得出門到那裡練才行。因此總覺得麻煩。

加上會害怕。要去到可以正式練習的路線之前，必須先騎著自行車穿過市區街道，因此鞋子固定在踏板上，騎著細輪胎敏感度高的運動自行車（級數差一點就有很大的影響）穿過車流之間的恐怖，沒有實際經驗過的人可能不知道。累積經驗之後某種程度才習慣這種情況。也能學會訣竅。不過還是遇到幾次驚險的狀況，嚇出一身冷汗。

在練習中，遇到大轉彎卻盡量不降低速度繼續往前衝時，會心驚肉跳。如果不能掌握漂亮的曲線，讓身體一面適度傾斜一面轉完整個彎度，就會跌倒，或碰到牆壁。自己不得不憑經驗找到能不超出安全範圍的極限值。下坡要保持速度，下雨時路面濕滑，也相當恐怖。在擁擠的比賽中，錯一步就會讓整個團體都跌倒。

我本來就不是身體輕巧的人，也不是愛好速度競技的人，因此不擅長自行車競技的項目。所以在游泳、騎車、跑步這鐵人三項的三個項目中，總是把自行車的練習放在後面，自行車當然成為不擅長項目。即使在騎車之後的跑步中想挽回那落後，但因為只有10公里的跑步無法全部挽回。所以現在正發憤圖強地加強自行車的練習。今天是8月1日。比賽是10月1日，正好還有兩個月。現在開始練習，雖然到比賽當天專用的肌肉能不能巧妙跟上還有疑問，不過是有必要讓身體習慣自行車。

我騎的自行車是松下鈦合金製的運動車，輕得像羽毛一般。同一輛已經騎了七年左右。換檔操作也變得像身體機能的一部分那樣。是非常優異的機器。至少機器比騎的人優異。雖然被操得相當粗重，但一次也沒有經驗過類似意外的狀況。騎上這輛自行車到現在為止，經歷過四次鐵人三項比賽。車體上寫著“18 'til i die”。借用布萊恩・亞當斯（Bryan Adams）的暢銷曲〈永遠年輕〉（18 'til i die）。當然是開玩笑。要到死都18歲，只能在18歲就死去。

日本今年夏天氣候異常。7月初應該結束的梅雨，卻一直持續到近7月底。總之是下到令人厭煩的雨。各地有集中豪雨，死掉很多人。把一切都歸咎於因為地球暖化的關係，實際上可能是這樣，也可能不是。有些學者說是，有些學者說不是。有些可以證明的部分，也有無法證明的部分。不過，今天世界所面臨的多數問題，多多少少都被歸咎於地球暖化。成衣產業的銷售額下降、海邊大量流木漂上來、發生洪水、旱災、消費者物價指數上升，大部分責任都由地球暖化來接收。世界所需要的是，可以眾手指名：「就是你害的！」的特定萬惡之首。

無論如何，不知是哪個無法無天的壞人害的，雨一直拖拖拉拉下個不停，因此7月幾乎都無法練習自行車。不是我的責任。是壞人不好。不過這幾天好不容易終於連續放晴，可以把自行車推出戶外了。我戴著流線型安全帽，戴上太陽眼鏡，水瓶裝滿水，計速器設定好，便一股勁地騎出去。

騎競技用的自行車時，首先必須注意為了避開風壓，要把身體盡量往前傾，而且要把臉往前抬高。無論如何都要學會這種姿勢。但實際上試過之後才知道，這種頭抬得像螳螂般的姿勢，要繼續保持一個小時以上，對不習慣的人是非常難的事。不久背和脖子都會開始叫苦。累了之後，頭難免垂下，臉也跟著低下。這樣一來彷彿早已埋伏的危險便馬上撲過來。

在準備參加第一次鐵人三項比賽、騎將近100公里長距離自行車賽時，當時正面猛撞上金屬柱子。在河邊的步行者・自行車專用道上，豎立著禁止汽車和摩托車進入的標示。因為太疲倦，頭腦有點恍惚，稍微疏忽沒把臉往前抬。自行車的前輪瞬間扭曲變形，我整個人一頭飛出路上。一回神時我的身體已經飛到空中。幸虧有安全帽保護著頭，要不然可能會受重傷。手腕摩擦過水泥路面非常痛，不過只有這樣算是很幸運了（我周圍還有好幾個人受過更嚴重的傷）。

這種危險只要遇過一次，人就會從中學到一些教訓。要確實學到事情的基本，很多情況下肉體的痛是必要的。從此以後不管多疲倦，我的臉經常都會抬起來。前方路上有任何東西都不會看漏。不過這樣一來，當然就不得不殘酷役使我可憐的肌肉了。

不會流汗。不，可能有流汗，只是風很強，汗一直被吹乾。相對的喉嚨很渴。如果不管的話立刻會有脫水症狀。一旦有脫水症狀，頭腦會開始朦朧不清。不帶水瓶簡直無法騎自行車。一面騎一面把插在車上的水瓶拿下來，咕嘟咕嘟迅速喝一下，再放回插座。一連串的作業訓練成全自動化，眼睛還繼續望著前方圓熟地完成所有的動作。

一個人練習自行車，老實說很難過。剛開始因為什麼都不懂，所以拜託熟悉自行車競技的人，扮演像個人教練一樣的角色。我和他一起把自行車裝上休旅車，假日開到大井埠頭去。假日的大井埠頭因為沒有送貨卡車進來，所以可以繞倉庫街寬闊的道路，成為絕佳的騎車路線。聚集了很多自行車騎士。設定好時間，決定好繞行圈數，配合著騎。長距離的自行車賽時（出事的那次）也一起出去。要參加全程馬拉松比賽必要的、長時間的長跑練習也是會孤獨，不過一個人默默握著把手，持續蹬著踏板，則更孤獨。同樣的動作不斷地反覆。有上坡、有平地、下坡、有順風、有逆風。隨著地形的改變要換檔、改變姿勢、檢查轉數、增加負荷、減輕負荷、檢查轉數、喝水、換檔、換姿勢……。有時也會覺得這些簡直像繁瑣的拷問一樣。鐵人三項的大衛・史考特在他的著作中提到他剛開始練習自行車的事。「我想這是人類所發明的運動中，最不愉快的。」其實我也有同感。

總之，鐵人三項比賽前幾個月，沒有任何理由和藉口，都必須這樣苦練。我一面自暴自棄地反覆唱著布萊恩・亞當斯的〈永遠年輕〉的歌詞，有時候一面詛咒世界，一面蹬著踏板，提高速度。讓自己的兩腳記住那旋轉的節奏。太平洋不客氣地吹來陣陣熱風，熱辣辣地掠過臉頰。

哈佛大學的駐校到6月底結束，在劍橋的生活也隨之告終（山姆・亞當斯的生啤酒和Dunkin' Donuts甜甜圈！），整理好行李7月初回到日本來。住在劍橋的期間，主要在做什麼呢？來告白吧。我買了大量的ＬＰ唱片。波士頓附近還有很多優質中古唱片行。一有機會我還會跑到紐約和緬因州的唱片行去。買的七成是爵士樂，其他大多是古典音樂，當然也有些搖滾樂。我對收集古老時代的ＬＰ唱片，算得上相當（不，應該是非常）熱心。要把這些唱片運回日本是很費事的作業。

我家現在有多少ＬＰ唱片？我也不太清楚。沒算過，也不會想去做這麼可怕的事。我從十五歲開始到現在，買了相當多唱片，也處分掉相當多。出入過於激烈，實在無法掌握數目。那些來了，又去了。但總數毫無疑問地持續增加。何況我擁有多少數目的唱片，並不是什麼重要問題。數目不是重要的要素。如果問我有幾張唱片，我只能回答：「好像有很多。但是還不夠。」

在史考特・費滋傑羅的《大亨小傳》中出場的湯姆・勃堪能——以馬球選手著名的大富豪說：「世上有很多人把馬廄改造成車庫，但把車庫改造成馬廄的大概只有我吧。」不是我自豪，我也在做著類似的事情。也就是說即使已經有了該片演奏的光碟，一旦發現良質ＬＰ，仍會毫不猶豫地把ＣＤ賣掉留下ＬＰ。同樣是ＬＰ，如果找到音質更好、接近原版的，也會毫不猶豫地換。很麻煩費事，也很花錢。世人可能會把做這種事情的人稱為瘋狂。

去年（２００５年）11月照預定跑了紐約市馬拉松大賽。那是個晴朗美好而舒服的秋日。彷彿已經去世的梅爾・托美（Mel Torme）會從什麼地方出現，靠在鋼琴旁，開始唱起〈紐約之秋〉似的，那樣美好的一天。我和世界各地趕來的數萬跑者一起，上午從史坦頓島的韋拉札諾海橋（Verrazano Bridge）出發，穿過布魯克林（每次作家瑪莉・莫里斯〔Mary Morris〕都會在這裡等著，為我加油），穿過皇后區，越過幾座橋，穿過哈林區，幾小時後來到42公里處中央公園的綠野酒館（Tavern on the Green）附近的終點。

結果怎麼樣呢？老實說，結果不太好。至少，沒有我在心中暗自期待的那樣好。以我來說，也希望能盡量把「幸虧有努力練習，所以在紐約市馬拉松大賽中可以跑出好成績來。到達終點時真是好感動」這樣強有力的結尾語放在書的最後，隨著雄壯的〈洛基主題曲〉，在華麗的落日中酷酷地走出去。老實說，在實際開跑以前，我還想過可能會有這樣的場面，但願如此，我心中這樣地期待。這是我的A計劃。相當美好的計劃。

然而現實人生中，卻往往事與願違。我們的人生在某一個時點，被迫需要明快下結論時，來我們家咚咚敲門的，大多是手上拿著壞消息的郵差。即使並非「總是這樣」，但以經驗來說，灰暗消息總是來得多。郵差的手摸一下帽子，好像不太好意思的樣子，但從他手中遞過的消息內容，並不會因此而稍有改善。然而這不能怪郵差，不能責備郵差，也不能抓住他的衣領猛搖。可憐的郵差，只是把上面交代的事情做好而已。交給他工作的，沒錯，就是您所熟悉的現實。

因此我們需要有，所謂的B計劃。

賽前，身體狀況感覺萬無一失。也充分休息過了。膝蓋內側所感覺到的不對勁也消失了。腳呢，特別是在小腿後方一帶，還留有幾分疲勞感，但還不至於需要在意的地步（我這麼想）。練習進度表毫無滯礙地依照計劃一一做完了。能這麼順利地不斷練習之後，才參加比賽，過去還從來沒有過。所以我還期待（或適度確信）會留下近年來所沒有的好成績。心想接下來只要把長期儲蓄換成現金就好了。

在起點的地方我站到手拿3小時45分牌子的領跑者（pacemaker）後面。我想這樣的時間應該可以有餘力達成吧。或許因為這樣做而造成失敗的。現在回想起來，到30公里為止應該跟隨3小時55分速度的帶頭跑者，等到感覺「今天情況可能更不錯」時，才以自然的形式提高級數就好了。我可能需要這樣的穩健態度。可是當時卻有別的東西，從我背後推我一把。「在炎熱的天氣下，那樣拼命練習了。如果不跑出這樣的速度就沒有意義了。你是男人啊，試試看吧！」這樣在我耳邊悄悄說。就像在上學的路上招呼小木偶皮諾丘、對他發出誘惑聲音的狡猾的貓和狐狸那樣。而3小時45分這時間，不久以前對我來說，還像是business as usual（很平常的）時間。

到25公里一帶為止還能跟上那帶頭跑者，但之後就不行了。真不甘願承認，但腳卻漸漸舉不起來了。接著速度就一直繼續下降。被3小時50分的領跑者超過了，被3小時55分的領跑者也超過了。真是最惡劣的類型。但總不能被4小時的領跑者超過去。跑過三區大橋，從上城開始進入往中央公園的寬闊直線道路起，元氣稍微恢復，「這樣應該可以調整一點情勢了吧，」又湧起這樣的一點期待來，然而這也只有轉瞬之間而已，進入公園碰到那連續和緩上坡路一帶時，右腳小腿忽然急速痙攣起來。雖然不至於嚴重到必須站定下來的地步，但因為肌肉疼痛，只能以走路般的速度跑。周圍的觀眾為我加油：“Go! Go!” 我當然也很想繼續跑，沒辦法，總之腳動不了。

因為這樣，這次的成績還是無法拼到4小時之內，超過了一點點。當然無論如何還是跑完了，可以維持連續跑完全程馬拉松的紀錄（第二十四次）。是可以通過最底線。然而還是留下「明明事先定了這麼周密的計劃，又這麼耐心地練習過了，卻落得這樣」實在無法釋然的心情。好像把昏暗的雲屑，誤吞進胃裡似的。怎麼想都無法接受。那樣努力了，為什麼偏偏會痙攣起來？一切的努力應該都會得到正當回報的，事到如今當然主張什麼也沒用，不過如果天上真有神存在，不妨也給人一點證明看看。不妨有這樣的一點慈悲吧？

大約半年後，2006年4月，我跑了波士頓馬拉松。原則上我一年只跑一次全程馬拉松的，但因為對紐約的結果無法釋然，因此想再跑一次看看。這次故意大量減少練習量。紐約那次那樣用心練習了，卻沒得到預期結果。說不定是因為練習過度。所以這次沒有設定特別的練習進度，只比平常跑步稍微增量練跑的程度而已，也不多想什麼，想以平常心來跑看看，「哼，只不過是馬拉松而已嘛」這樣酷的態度。看看這樣會出現什麼樣的結果。

因此跑了波士頓馬拉松。這是第七次跑波士頓馬拉松了，所以路線大致都在腦子裡。坡道的數目，轉彎的模樣，都一一記得。跑法也大致都知道——當然跑法都知道也不見得一定就能跑好。

那麼，結果如何呢？

時間和紐約的時候幾乎沒有差別。這次有紐約的經驗為戒，前半段盡量壓低速度。保持步調，一面節省力氣一面跑。一面悠閒地欣賞週遭的風景，一面愉快地跑，一面等待「好了，從這裡開始再提高一點速度」的心情能來臨的時點。然而這樣的時點終於沒有來臨。從30公里到35公里，也就是越過所謂心碎丘一帶為止還很愉快。完全沒問題。在心碎丘的坡道上等著為我加油的親朋好友們，後來也說：「春樹的臉看起來非常有精神。」我也一面微笑揮手，一面跑上斜坡。我還想，如果這樣的話，最後還可以加速度以縮短時間。然而過了克里夫蘭區（Cleveland Circle）地區進入市中心一帶之後，腳卻忽然沉重起來。疲憊驟然湧上來。雖然沒有痙攣，但過了波士頓大學橋到終點為止的最後幾公里，很吃力才跟得上旁邊的人，才能不致落隊。實在沒辦法提高速度。

當然跑完了全程。在陰暗的天空下，沒有停下來地持續跑了42·195公里，順利跑過和往常一樣設在普登夏中心前面的終點。一位女義工用銀色防寒巾把我的身體包起來，把獎牌套在我脖子上。「啊，可以不用再跑了，」照例一樣的安心感一下子壓上來。任何時候跑完馬拉松都是美好的體驗，美好的成就。不過跑的時間過長還是令人不滿足。跑完以後，盡情喝山姆·亞當斯的生啤酒，那是每次所期待的樂趣，但這次連這種心情都提不起來。覺得連內臟的內部都筋疲力盡了。

「到底怎麼了?」在終點等著我的太太一面偏著頭一面說。「看不出體能有這麼衰弱，也練習了不少啊。」

為什麼呢?我也不知道。或許單純只是年紀大了吧。或許還可以找出別的什麼原因。或許疏忽了什麼重要的東西。不管怎麼樣，現在只能止於「或許」而已。就像微細的水路，在沙漠中被無聲地吸走一樣。

但是有一點我可以很有自信地斷言。在重新找回「好，這次也跑得很好」的感覺之前，我今後還會不氣餒地，繼續勤快地跑全程馬拉松。只要身體許可，就算垂垂老矣，就算周圍的人都勸告我：「村上兄，差不多可以別再跑了。年紀不小了。」我可能還會不在乎地繼續跑。就算跑出更長的時間，我還是一定會以跑完全程馬拉松為目標，和以前一樣地——有時可能比以前更——繼續努力。對，不管別人怎麼說，這就是我天生的性格。就像蠍子有毒、就像蟬緊緊貼著樹皮、像鮭魚會游回出生的河流、像水鴨子會夫唱婦隨那樣。

這對我來說，和對這本書來說，可能將成為結論。完全聽不見〈洛基主題曲〉。應該朝那裡走去的夕陽也完全看不見。簡直像雨天用的運動鞋那樣樸素的結論。人們或許會稱這為「反高潮」（anticlimax）。如果把拍電影的企劃案送給好萊塢製片看，恐怕只會瞄一眼最後一頁就不理的那種。不過終究，這種結論或許才和我這種人相配也不一定，會生起這樣的感覺。

因為並不是有人拜託我「請你當一個跑者」，才在路上開始跑起來的。就像沒有人拜託我「請你當一個小說家」，而開始寫小說那樣。有一天，我突然因為喜歡而開始寫小說。然後有一天，突然因為喜歡而在路上開始跑起來。不管是什麼事，只要喜歡，就會以自己想做的方式一直做下去。就算被人阻止，被人惡意批評，也不會改變自己的做法。這種人，到底能向誰要求什麼呢？

我抬頭看天空。在那裡看得見絲毫類似親切心嗎？不，看不見。只看得見太平洋上，孤零零飄浮著天真的夏日之雲而已。什麼也不會告訴我。雲總是沉默的。我可能不該抬頭看雲。我該轉而凝視的，可能是自己的內側。我試著轉向自己的內側看看。就像探視深深的井底那樣。看得見親切心嗎？不，看不見。看得見的，每次都只有我的性格。個人的、頑固的、缺乏協調性的，經常任性的，雖然如此還常常懷疑自己，即使有痛苦的事，也會想辦法從中找出可笑的地方——或類似可笑的東西——這是我的天性。就像用舊的波士頓旅行袋那樣，我提著那個走了很長的路程。不是因為喜歡而帶著。內容有點太重，外表看來也不起眼。好些地方已經開始磨出破綻。因為除此之外沒有別的可帶，沒辦法只好帶著而已。不過這也自有類似用慣了而偏愛的地方。當然。

現在我正朝向10月1日在新潟縣村上市舉辦的鐵人三項比賽而每天努力練習著。換句話說，還繼續提著舊旅行袋。可能朝向更「反高潮」、朝向沉默寡言的巴洛克式圓熟——如果更謙虛地形容的話——是朝向「進化的盡頭」邁進。

第9章

2006年10月1日　新潟縣村上市

至少到最後都沒有用走的

我想那應該是十六歲的時候，我趁著家中沒人時，站在大鏡子前脫光衣服，非常仔細地觀察自己的身體。而且把自己身上比一般人差的地方（自己認為），試著一一條列出來。例如——純粹只是例如——眉毛有點太濃，手指甲形狀太難看，之類的，我記得總共列出27項。數到27，到這裡果然已經厭煩，不再檢查了。然後我就想，光是舉出眼睛看得見的肉體部分，就能找出這麼多比一般人差的地方，所以如果踏進其他領域——例如人格和頭腦和運動能力——想必更沒完沒了。

當然十六歲或許正如各位所知道的那樣，是特別麻煩的年齡。細微的事情會一一介意，無法客觀掌握自己所處的立場，為了微不足道的事情會得意得不得了，有時又很自卑。隨著年紀的增加，經過各種嘗試錯誤之後，該取的東西取了，該捨的東西捨了，才達到「要數缺點和缺陷可沒完沒了。不過多少應該也有長處吧，只能以自己所擁有的東西將就著過下去了」這樣的認識（認清真理的諦觀）。

不過在鏡子前面脫光衣服，列舉自己肉體的缺點時，那感覺有點不光彩的記憶，變成一個觀測定點，至今還留在我心中。借方壓倒性多，貸方看不出有什麼，就是我這個人可憐的資產負債表。

經過了四十多年的歲月，穿著黑色泳衣，把潛水鏡推到頭上，站在海邊無所事事地等著鐵人三項比賽的開始時，當時的記憶忽然甦醒過來。再一次感到，自己這個容器是多麼可憐而不足取的東西。開始覺得自己是不完美的、到處有破綻的、不像樣的東西。心想現在做什麼也沒用了吧。我現在正準備要開始海泳1．5公里，騎自行車40公里，再跑步10公里。做這種事情又能怎麼樣呢？就像是一直往一個底下有漏洞的舊鍋子注入水似的，不是嗎？

不管怎麼樣，天氣晴朗得沒話說。是舉行鐵人三項的絕佳好天氣。沒有風，海上沒有浪。太陽灑下溫暖的光，氣溫大約23度。水溫也沒話說。這是我第四次參加新潟縣村上市的鐵人三項比賽，每次狀況都很糟糕。有時是海浪太大（秋天的日本海動不動表情就變成那樣），游泳改成在海灘跑步。就算不至於那樣，也可能淅瀝淅瀝下著冷冷的秋雨，要不就是海浪大得游自由式沒辦法好好呼吸，或者冷得一面發抖一面踩自行車，遇到過各種悽慘情況。所以我從東京開350多公里車，往新潟的途中，腦子裡就在預測最惡劣的天氣。早就覺悟反正不會有什麼好事。那對我來說就像印象訓練似的。因此當面對這樣風平浪靜的安穩海面時，感覺好像有點受騙。心想不、不，不可以隨便相信。這只是表面上裝成這樣的，其實會有預料不到的陷阱等在途中。海裡或許有帶毒針的惡性水母成群聚集，或許有冬眠前飢餓的熊會撲向自行車，或許跑著時頭上會被意外的落雷打中。說不定成群的大胡蜂莫名其妙地生起氣來而襲擊我們。我太太應該等在終點的，她也許會發現我的私生活有什麼令她不愉快的事情（我覺得可能有幾件）。會發生什麼事，我不可能知道。尤其是對村上國際鐵人三項大會，我疑心重重。

不過現在，怎麼看天氣都很好。站在陽光下，黑色橡膠製的泳衣暖烘烘地溫暖起來。

我周圍穿得跟我一樣的人，一面和我同樣惶惶不安，一面在沙灘上等候比賽開始。那光景要說不可思議也很不可思議。看起來有點像被喜怒無常的大自然沖上淺灘來，被留在那裡，正等待潮水上漲的可憐水生動物那樣。其他的人看起來似乎都比我專注在比較積極一點的思考中。不過或許只是看起來這樣而已。不管怎麼樣，我告訴自己，少去想那些多餘的事了。既然已經來到這裡，只好專心比賽。三個小時什麼也別想地只管游泳、只管騎車、只管跑步，就好了。

比賽怎麼還不快開始呢？看看手錶。可是時間只比剛才看的時候，過去一點點而已。一旦比賽開始之後，就沒有閒工夫（大概）去想多餘的事情了……。

參加鐵人三項比賽，包含長短程在內這是第六次。不過從2000年到2004年為止，有四年間我曾經遠離鐵人三項。為什麼有這空白期？因為在2000年的鐵人三項比賽中，我突然變得無法游，沒辦法只好棄權。從那打擊到重新站起來重新調整態勢，花了很長的時間。為什麼會無法游呢？原因很難斷定。我反覆想了很多，也失去自信。因為不管任何比賽，這是我有生以來第一次經驗到中途棄權這種事。

雖然寫成「突然變得無法游」，但正確說起來，在鐵人三項的游泳部分遇到障礙這並不是第一次。我在游泳池和在海裡，都能還算輕鬆地以自由式游長距離。普通狀況下1500公尺能以33分鐘左右游完。雖然並不特別快，不過在比賽中足夠跟得上大家的速度。因為我是在海邊長大的，很習慣在海裡游泳。平常都在游泳池練習的人常覺得海泳很辛苦，或覺得害怕。我的情況不同。反而覺得在海裡游，一片寬闊，又有浮力，游起來更容易。

然而實際比賽的時候，不知道為什麼卻游不好。在參加夏威夷（歐胡島）的Tinman鐵人三項比賽時，也無法以自由式游。一下到海裡，好吧，要開始游時，忽然無法呼吸。即使像平常那樣抬起頭來想呼吸時，不知怎麼搞的時間配合不當。呼吸一不順利，害怕就支配了身體，肌肉開始僵硬起來。心臟莫名其妙地怦怦跳起來，手腳開始不聽使喚。臉沒辦法碰到水，也就是忽然陷入恐慌。

Tinman比賽的游泳項目比一般短，只有800公尺，因此我放棄自由式，改用蛙式才游完。然而通常游泳是1500公尺的賽程，沒辦法用蛙式撐下去。因為比自由式花時間，而且繼續游太久腳會累。因此2000年的村上鐵人三項比賽不得不哭著中途棄權。

棄權後上到沙灘，實在太不甘心了，於是試著再游一次同樣的賽程。當然其他選手已經游完從海裡起來，轉移到自行車項目，不知騎到哪裡去了。我在沒有其他人的海裡一個人游。結果用自由式很順利而毫不辛苦地游完。呼吸很輕鬆，身體也可以圓滑地運動。為什麼正式比賽時卻不能和這一樣呢？

第一次參加鐵人三項時，起點在海裡。**Floating start**，換句話說是在水中排成一列開始游的。當時身體側面被旁邊的人用力踢到好幾次。因為是競爭所以沒辦法。大家都想游到別人前面去，採取最短的路線。一面游一面被手打到，被腳踢到，因此而喝到水，潛水鏡被踢歪，這些事都是家常便飯。不過我在第一次參加時，可能因為一開頭就被猛然踢到深受打擊，而失去了游泳的平衡感。而且每次開始時那記憶就甦醒過來。雖然我還不太能接受，不過因為比賽中精神扮演很重要的角色，所以這可能性可以充分理解。

另外一點，可能我的游泳本身有什麼問題。我的自由式畢竟是自己學的，從來沒有找過專門教練教。雖然可以毫無障礙地游下去，不過姿勢卻稱不上俐落。說起來，我算是任隨力氣使勁游的類型。很久以前就想過，如果真要參加鐵人三項的話，什麼時候一定要把游泳姿勢重新改造。這次除了追究心理方面的原因，同時能解決自由式的姿勢也不錯。只要能把技術上的缺陷解決，或許別的問題也會和這連帶一起明朗化。

因此，我暫且把挑戰鐵人三項的計劃擱置了四年。在那之間，和平常一樣地跑長距離，一年參加一次馬拉松大賽。老實說，心裡還有點無法釋懷，因為鐵人三項的失敗還卡在腦子裡。我一直想什麼時候一定要報復才行。我對這種事情，個性還滿固執的。如果有什麼事沒做好，在能做好以前，不會放棄，心情也無法鎮定下來。

為了改善姿勢我請了幾位游泳教練，但很難遇到「就是這位」的人。世上雖然有很多很會游泳的人，但能很有要領地教授游泳法的人卻極少。這是我的真實感觸。要教小說寫法也很難（至少我就不行），教游泳也不簡單。不，何只是游泳和小說。就算有教師能把一定的事情，以一定的順序，用一定的語言教，但能看清對方，配合對方的能力和傾向，以自己的語言來教的教師卻為數極少。甚至可以說幾乎沒有。

前面兩年都耗在找教練的徒勞中。每跟隨一位教練學，姿勢就被抓弄調整一次，因此游法變得四分五裂，嚴重的時候甚至完全無法游。當然自信也逐漸喪失。實在沒辦法參加比賽。

事情開始往前進展，是在心想「可能沒辦法改造姿勢」而快放棄的時候。幫我找到教練的是我太太。她有生以來從沒游過泳，因為常去健身房，便跟一位年輕女游泳教練開始學，令人刮目相看地竟能以漂亮的姿勢游了。於是她推薦我：「不妨跟這位老師學學看。」

教練整個看過我游的各種姿勢，然後問我游泳的目的。我說：「我想參加鐵人三項。」她問：「那麼只要能在海裡以自由式，游長距離就行了對嗎？」我說：「是。不需要短距離的速度。」「我明白了。清楚知道目的，事情就好辦了。」

就這樣開始了一對一的姿勢改造。話雖如此，她並沒有把我過去的游法全面推翻，把一切化為焦土再開始搭建。我認為，站在教師的立場，改造某種程度會游的人的姿勢比起從白紙狀態教完全不會游的人，難度更高，因為要丟掉已經學會的怪姿勢游法，並不簡單。她並不勉強我全面改造姿勢，而是從身體的微小動作，一一花時間矯正。

她教法的特徵，在於並不像教科書那樣從頭開始教正確姿勢。例如要你記住正確的滾動姿勢時，首先教你不用滾動的游法。換句話說已經靠自己的方法學會自由式的人，有刻意滾動做過份動作的傾向，這樣反而增加水的阻力，降低速度，白費力氣。因此她首先不用滾動，只讓你記得如何平平的像板子那樣游。換句話說，她教的和游泳教科書完全相反。不用說，這種游法沒辦法游得順暢，感覺自己好像變成很笨的游泳者。不過依照所教的方法不斷練習時，那不合理不美妙的游法也總算能游了。

於是這時候她才一點一點地教滾動的動作。一次只教一點點。而且不說「這是滾動練習」之類的話，只針對身體局部指導動作。被教的人，並不知道那些練習的意圖。身體的部位只是照著做、認真動而已。如果是肩膀轉法就只有肩膀轉法，固執地反覆執行直到令人厭煩的地步。有時光是教肩膀轉法，一天的課就結束了。這樣相當累人，也很空虛無聊。不過事後回想起來，卻可以理解：「啊，原來如此。是這樣啊。」把零件全部組合起來，才看得見整體形像，才開始明白個別零件的機能。就像黑夜過去，天亮起來，先前只能模糊看出家家戶戶屋頂的形狀和顏色，如今一一鮮明地浮現出來。

這可能也很像成組鼓陣的練習。依照指示，好幾天都在練習低音大鼓的打法。好幾天都在練習鐃鈸。好幾天都在練習銅鑼……單調而無聊。不過這些總合起來，卻會出現精準的節奏機械。要練到這個地步，必須堅持、嚴格，而且極有耐心，把個別零件的螺絲一一鎖緊。當然很花時間。不過有時候，花時間才是最近的捷徑。就這樣，經過改造一年半之後，我可以用比以前俐落的姿勢，沒有虛耗體力沒有多餘姿勢游長距離了。

在游泳訓練期間，我學到一件事情。我在正式比賽時，無法好好呼吸，其實是因為「過度呼吸」的關係。在游泳池游的時候，也曾有完全相同的症狀，於是才想到，我在開始之前過度大口快速呼吸了。可能因為賽前太緊張，急速激烈地吸入過多氧氣。因此在開始游的時候「呼呼呼」地氣急敗壞起來，呼吸的時間也亂掉了。

弄清楚具體原因之後，心情輕鬆多了。總之只要別再發生過度呼吸的狀態就好了。在比賽前實際下到海裡練習游，隨時注意讓身體和心情習慣海裡游泳。為了防止過度呼吸，不要吸入過多氧氣，用手掌摀著嘴巴地吸氣。告訴自己：「已經沒問題了。游泳姿勢改過了，和以前完全不同了。」

於是2004年，事隔四年，我再度挑戰村上鐵人三項大賽。比賽即將開始，在笛聲響起之下大家一起開始游起來，有人踢到我的側腹部。嚇了一跳。「又要不行了嗎？」一瞬間腦子裡閃過這念頭。喝了一點水。要不要暫時切換成蛙式？不過重新調整心態。「不，沒這必要。一定可以順利。」調整呼吸，再一次開始自由式的動作。與其注意吸氣，不如集中精神在水中吐氣。懷念的氣泡聲傳進耳朵。對，這樣就好。可以感覺到自己的身體順利地搭上浪頭了。

就這樣我總算克服了開始游的恐慌，跑完鐵人三項的全程。因為有長時間的空白，自行車的訓練也不周到，因此成績並不理想。不過首要目的是拂去中途棄權的屈辱，這個目的達到了。總算放心了，這是我真實的感觸。

在過度呼吸的問題上，我想：「以前我以為自己的性格是很厚臉皮的，這樣看來居然還滿神經質的。」比賽前神經繃得那麼緊，自己都完全不知道。確實很緊張，跟別人一樣。不管多少歲，只要繼續活著，對自己這個人都會有新發現。不管赤裸地一直站在鏡子前面多久，都照不出人的內容。

2006年10月1日，秋高氣爽，晴朗的星期天早晨，九點半。我就這樣再次站在新潟縣村上市的海岸上，等著比賽開始。有一點緊張。一面提醒自己注意不要陷入過度呼吸，一面小心地再次檢查裝備。扣緊為了電腦追蹤紀錄而戴的腳環。從水裡上來後快速脫掉泳衣，在身上塗凡士林油。用心做了拉筋。拿起必要的給水。也上了廁所。應該沒有別的事情遺漏。大概沒有。

因為參加過幾次這大會，所以其中有些熟面孔。和這些人在等候時握握手，聊聊天。我本來是不太擅長交際的人，但和鐵人三項的選手卻能輕鬆自在地說話。我們在這個社會上，算是比較特殊的人種。請想想看。選手大多都是有工作有家庭的，雖然如此日常生活中還必須練游泳、騎車和跑步——而且是相當激烈的練習。當然很花時間，很耗體力。從世間一般的常識來看，實在應該不算是正常的生活。就算被人家稱為怪人．奇人，也無法抱怨。所以我們之間就算沒有所謂「連帶感」那麼偉大，至少也存在著類似溫暖的共通東西，模糊的，像晚春籠罩在山頭、色調淡淡的霧靄一般。當然，因為是比賽所以一定也含有較勁因素，不過對參加鐵人三項的一般人來說，參加比賽，與其說為了勝負，不如說為了確認那共通項目——換句話說，那霧靄的形狀和色調的儀式性意味比較強也不一定。

在這層意義上，村上鐵人三項真是很適當的大會。參加人數不算太多（大約三百人到四百人左右），大會營運也不太張揚。屬於小地方都市、手工打造的鐵人三項大會。地方人士也很親切地來加油。沒有囉囉唆唆過度張揚的地方。這種安穩氣氛很符合我的喜好。雖然和大會本身沒關係，不過還有豐富的溫泉，食物也很美味，當地的酒（尤其「〆張鶴」）很醇美。參加幾次比賽之後，在當地認識的人逐漸增加，也有特地從東京來為我加油的人。

九點五十六分，開賽笛聲響起。大家一起以自由式開始游。那是最緊張的瞬間。

我的頭鑽進水中，踢水，用兩臂划水。把多餘的事從腦子裡趕出去，意識集中在以吐氣代替吸氣。心臟怦怦跳。沒辦法掌握適當的步調節奏。身體有幾分僵起來。照例有人猛踢我的肩膀一腳。有人從我背上壓到身上來。像烏龜背上騎了另一隻烏龜那樣。害我喝了一些水。不過量不太多。我告訴自己，別慌張。千萬不能恐慌起來。呼吸要很規則地反覆。這是最重要的事情。這樣做著之間感覺到身體的緊張正逐漸一點一點，一刻度一刻度地放鬆下來。嗯，這樣一來應該可以順利進行。以這樣的步調繼續游就好了。一旦能掌握住節奏感，接下來就只要維持下去。

不過終於——在鐵人三項比賽中某種意義上是無可避免的——出乎預料之外的麻煩正在等著我。我一面游自由式一面抬頭向前，要確認方向時「咦?」前面什麼也看不見。終點是陰暗的。就像在通過深深的霧中那樣，世界正呈現一片模糊的白濁色。我停止游，一面立泳一面猛擦拭潛水鏡的霧氣。這樣還是看不太清楚前面。為什麼呢?潛水鏡是用我平常就用慣的。也練習過不少一面游泳一面確認視野的方法。到底是怎麼回事?我忽然想到一件事。剛才在身上塗凡士林之後沒有洗手。又疏忽地用那手指擦拭潛水鏡。糟糕，怎麼這麼粗心大意？每次開始前都會先用唾液擦拭潛水鏡。這樣內側就不會變得霧霧的。這次卻偏偏忘了這樣做。

1500公尺的游泳之間一直為潛水鏡的霧氣而煩惱。經常偏離路線，游向不對的方向，浪費不少時間。有時不得不停下來摘掉潛水鏡，一面立游著一面確認路線方向。請想像一下遮住眼睛在切西瓜的小孩姿勢，可能很接近。

試想想，乾脆摘掉潛水鏡。不戴潛水鏡一直往前游就行了。不過正在游的時候，心浮氣躁，沒想到這裡。這一折騰之下，這一次游泳項目也搞得慌慌張張的。時間成績比預期差。如果以實力來說——很認真的練習了——應該可以游得更快的。不過我想沒有棄權，也沒有嚴重落後，總之能游到最後，至少在筆直游的時候確實是游得不錯的。

在沙灘上岸，直接走到自己的腳踏車停放的地方（這看似簡單，其實卻意外地難），剝下緊緊束縛的泳衣，穿上踩自行車用的鞋子，戴上安全帽、防風太陽眼鏡，咕嘟咕嘟喝過水之後上到公路。機械式地完成這一連串動作。一回神時才發現，剛剛還在海裡啪啦啪啦游，現在已經在蹬踏板，以時速30公里切著風。這情形不管經驗過幾次，心情都非常奇妙。重力不同，速度不同，感覺不同，使用的肌肉也完全不同。就像鯢魚忽然進化為鴕鳥一樣。不管怎麼說，頭腦還是沒辦法轉那麼快，身體也還在迷惑中。沒能完全搭上速度，轉眼之間就被七個人超過去。心裡雖然想「這可不妙」，但就一路到折回地點為止都沒能再超過一個人。

自行車道是在著名的「笹川流」海岸線，好些地方海中奇岩聳立，是個風光明媚的地方（不過我可沒有閒工夫慢慢欣賞風景）。從村上市沿著海岸北上，到和山形縣交界附近折回，沿原路回來。有幾個地方上下坡，但還不至於到令人頭髮變白的險峻地步。我不在意被超過或超過別人，意識只集中在保持一定的踏板轉數上。以輕量檔確實地繼續踏轉著。定期伸手拿起水瓶，敏捷地補充水分。在這樣做著之間，自行車原來的感覺漸漸回來了。因為開始覺得如果這樣的話應該可以加把勁，於是從折回點一帶開始乾脆切換成重量檔，加速起來，在後半段超過七個人左右。因為風不太強，所以可以積極蹬踏板。如果風強的話，像我這樣騎自行車經驗淺的人，士氣就會消沉下來。因為要把強風巧妙化為自己的助力，需要長年的經驗和相當的技巧。可是如果沒有風的話，就單純只是腳力問題了。結果40公里比預料中稍微快的速度騎完，然後換穿上懷念的馬拉松跑鞋，轉移到最後的跑步。

不過因為剛才在自行車的後半段時太隨興用力了，到了轉到跑步時的切換真是吃力。照正常做法，應該在自行車的最後部分刻意保留力氣，留下餘力轉到跑步才對，但在賽程途中，頭腦沒想到這裡。因此在力氣全開的狀態下，筆直衝進跑步項目。果然，腳無法順利運動。頭腦命令：「好了，跑吧！」腳的肌肉卻不聽話。雖然跑是跑了，但幾乎沒有跑的感覺。

雖然多少有差別，不過在鐵人三項的比賽中這種感覺每次都很熟悉。在自行車上持續酷使了一小時以上的肌肉，就那樣還要維持「營業狀態」，但跑步要用到的肌肉卻無法那麼順地動起來。要切換到那肌肉的軌道還需要再花一點時間。在最初的3公里左右，雙腳幾乎是還被鎖住的狀態。然後，好不容易總算進入可以「跑」的狀態。不過，這次進入這態勢之前比往常花了更多時間。我在這三個項目中因為最擅長跑步，所以若是平常的話，進入跑步項目後，我可以輕鬆地超過三十個人左右，這次卻沒辦法。只能超過大約十到十五個人。加上剛才在自行車項目被很多人超過。只能勉強算扯平。跑步成績不夠理想很遺憾，可見擅長和不擅長的差距縮小了，時間成績整體上比較平均了，或許我也逐漸一點一點地接近鐵人三項的體質了。這應該是可喜的事情。

在村上市古老優美的街上，一面接受一般市民（該這樣稱呼嗎？）的加油聲，一面拼命跑完，像把全部力氣都擠光那樣地衝過終點。真開心的瞬間。儘管經歷了許多辛苦，遇到許多意外，不過一旦到達終點，一切都煙消霧散了。喘過一口氣之後，我和從自行車項目開始成為競爭對手，好幾次固執地超過或被超過的背號329的人互相微笑握手。互道辛苦。最後一段提高速度，差一點就可以超過他的，卻還落後3公尺。開始跑之後不久鞋帶鬆了，不得不停下兩次來重新綁好，因此浪費了時間。如果沒有發生這件事的話一定可以超過他（這是假設的希望）。當然一切責任，都在於比賽前疏忽檢查鞋帶的我身上。

無論如何比賽結束了，很慶幸能跑進設在村上市公所前面的終點。既沒有溺水、沒有爆胎、沒有被惡質水母刺到，也沒被凶暴的熊撞到，沒有遇到大馬蜂、沒有被雷擊。在終點等我的太太，沒有特別發現關於我的不愉快事情，能坦然祝福我：「太棒了。」啊，真幸運！

最開心的，莫過於我自己能真心享受今天的賽程。雖然跑的成績並沒有好到能向別人炫耀的地步，也有很多微小的失敗。不過我自己已經盡全力了，身體還留有一點類似那樣的感覺。而且我想，很多地方比上次比賽多少改善了。這畢竟是很重要的重點。所謂的鐵人三項是將三種競技組合起來，正因為每一種銜接的地方處理起來很難，因此才成為經驗很重要的競技。經驗可以彌補肉體能力的不足。換句話說，從經驗中學習正是鐵人三項這種競技的喜悅，和樂趣。

當然肉體上非常辛苦，有時也會面臨精神快氣餒的局面。不過所謂「苦」，對這種運動來說，就像前提條件一般。如果和痛苦無關的話，到底有誰會特地來挑戰鐵人三項或全程馬拉松這種費時又費事的運動呢？正因為苦，正因為自己甘願通過那樣的苦，至少在那過程中，我們才能找到一些自己正活著的確實感觸。生活的品質，並不在於成績、數字和名次等固定的東西上，而是流動地包含在行為本身中，我們也可以找到這種認識（順利的話）。

從新潟開車回東京的途中，看到幾個把自行車固定在汽車頂上正要回家的參賽者。都曬得黑黑的，看起來身體很強壯。正是鐵人三項的體型。我們參加過初秋星期天的微小比賽後，現在正要各自回家，回到各自的日常生活中去。然後各自為了下次的比賽，分別在不同的地方（可能）和以前一樣地默默繼續練習。這樣的人生，從旁邊看來——或者從更高的地方俯瞰——或許是沒什麼意義的，空虛無益、或效率非常差的事情。要這樣想我也沒辦法。就算那本身只不過像往一個有小破洞的舊鍋子注水，那種徒勞無益的作業，但至少留下努力過的事實。不管有沒有效率，不管帥氣或難看，結果，對我們最重要的東西，往往是，眼睛看不見（但心可以感覺到）的東西。而且真正有價值的東西，往往是只能透過效率差的行為才能獲得。以真切的感覺和經驗法則來說，就算是徒勞無益，但應該都不是愚蠢的行為。我這樣認為。

不斷做著這種效率差的行為，現實上能持續到什麼時候？我也不知道。不過總算不厭其煩地堅持到現在，我想總之只要能做就繼續做下去吧。長距離賽跑教育出現在的我（無論多少，無論好壞），把我塑造成這樣。只要可能，今後我應該還會和長距離賽跑有關的事情共度生活，一起老去。這可能也是一種——雖然稱不上合理的——人生。或者說，事到如今已經別無選擇了。

一面握著方向盤，我一面想到這種事。

今年冬天可能又會到世界的某個地方去，跑一次馬拉松大賽。而明年夏天可能會挑戰某個地方的鐵人三項。就這樣季節又轉一圈，歲月又往前推移。我又虛長一歲，可能會寫出一本小說。總之會拿起眼前的課題，一一盡力去做好。專注在一步一步的步幅。不過，一面這樣做的同時，一面留意盡量以較大的幅度思考事情，盡量看更遠的風景。再怎麼說我都是長距離跑者。

個別參賽的成績和名次、外觀，不管別人如何評價，一切終究只是次要的事。對於像我這樣的跑者，最重要的事情，首先是靠自己的腳，確實地跑過每一個終點。出該出的力氣，忍該忍的痛苦，對自己能交代過去。從那失敗和歡喜中，學到具體的——不管多麼細微的，事情都好，盡量具體的——教訓。然後花時間花歲月，一一累積那樣的賽程，最終到達某個屬意的地方。或者，即使有一點接近像那樣的地方（嗯，這可能才是更恰當的形容）。

如果我能有什麼墓誌銘，而自己可以選擇那上頭字句的話，我希望世人能為我這樣刻：

村上春樹

作家（也是跑者）

1949～20**

至少到最後都沒有用走的

現在，這是我所期望的事情。

後記

在全世界的路上

收在本書的稿子，正如各章開頭所記載的那樣，是從2005年夏天到2006年秋天所寫的。並不是一口氣寫完的那種文章，而是一面做著其他工作，一面抽空一點一滴寫的。每次都一面自問：「好了，我現在到底在想什麼?」因此雖然不是多長的書，但從開始到寫完為止，卻花了相當長的時間，寫完之後也不得不再仔細修改。

以前我出過幾本遊記和隨筆集，但因為不太有像這樣以一個主題為主軸，從正面述說自己的經驗，所以得仔細用心整理文章。關於自己的事，說得太多也討厭，然而如果該說的話不坦白，就失去特地寫這樣一本書的意義了。這方面微妙的斟酌，如果不擱置一段時間，重讀幾次原稿，是無法看清的。

我把這本書想成像「手記」似的東西。雖然稱不上個人史那麼嚴重，但以隨筆來歸類又有點勉強。就像把前言中寫過的再重複一次那樣，以我來說藉著「跑步」這個行為為媒介，自己這四分之一世紀多以來以一個小說家的身分，和一個「到處可見的平凡人」模樣，是怎麼生活過來的？自己也想整理出來。小說家該執著於到什麼地方為止是小說本身，而應該將多少自身公之於世呢？這基準可能因人而異不能一概而論。以我來說，如果可能，我希望透過本書，盡量找出那種對我自己來說像是基準般的東西。這樣說是否恰當，我也還不太有自信。不過在寫完的這時刻，長久以來背負的東西終於可以卸下了，有點類似這種小小的感觸。或許正好到了適當的人生階段，可以寫這樣的東西了吧。

文章終於寫完後，我參加了幾個比賽。07年初一個全程馬拉松，本來預定在國內跑，到了賽前（很希奇）卻感冒了，沒辦法跑。如果跑的話，將成為第二十六次參賽，結果從06年秋到07年春的期間，一次也沒有跑成全程馬拉松，季節過去了。心裡有點遺憾，心想下一季再加油吧。

代替的是在5月，參加了火奴魯魯的鐵人三項。雖然是規模像奧林匹克的大會，但這次能很快樂、舒服，而順利地完成賽程。時間成績也比上次比賽改善一些。而且因為在火奴魯魯住了一年左右，因此我想是很好的機會，於是去參加當地舉辦的「鐵人三項教室」之類的課程，每星期三次，三個月左右和火奴魯魯的市民一起努力練習鐵人三項。這個課程實際上非常有用，而且在班上也交到朋友（鐵人三項之友）。

就這樣，冷天跑馬拉松大賽，夏天則參加鐵人三項比賽，這持續成為我的生活週期。因為沒有淡季，所以變成經常都在忙著什麼，不過以我來說完全沒有為了要增加人生樂趣，而打算在此訴苦的意思。

老實說，我並不是沒想過努力嘗試參加鐵人級的真正鐵人三項賽事，不過要達到那個地步，每天要占掉更多練習時間（一定會花很多時間），我擔心恐怕會影響正業。我沒有往超級馬拉松的方向前進，也因為同樣的理由。以我的情況，這樣持續運動，是以「為了好好寫小說必須鍛鍊身體，增進體力」為目的，因此如果為了參賽的練習而削減寫文章的時間，那就本末倒置，有點傷腦筋了。所以，現在我會適度制止自己，停留於比較穩健的階段。

無論如何，每天持續跑步就這樣跨越了四分之一世紀，其間留下了各種回憶。

現在我還記得很清楚，1984年我和作家約翰．厄文一起在中央公園跑。那時候我正在翻譯他的作品《放熊》，到紐約去時提出採訪他的請求。他答覆：「因為很忙，騰不出時間，我早晨會在中央公園慢跑，如果那時候可以一起跑的話，就可以談。」於是我們一起在早晨的中央公園一面慢跑，一面談各種話。當然不能錄音，也不能記筆記，但我腦子裡只留下在清爽的空氣中，兩個人並肩跑步的快樂記憶。

那是80年代的事，我在東京每天早晨跑步的時候，常常和一位漂亮的年輕女孩擦身而過。因為已經擦身而過好幾年了，不久自然面熟起來，每次遇見時彼此都會互相微笑打招呼，結果沒說過話（因為很內向），當然也不知道對方的名字。不過每天早晨和她照面，成為那時候我小小的喜悅之一。

如果沒有一點這種喜悅，可能沒辦法每天早晨跑步。

我和巴塞隆納奧運的銀牌得主有森裕子小姐在科羅拉多州邊界的高地一起跑時，也是一次印象深刻的體驗。當然只是輕鬆的慢跑，不過從日本忽然來到標高將近三千公尺的高地跑，所以肺發出哀號，頭腦昏昏沉沉，喉嚨乾渴，實在跟不上她。不過有森小姐只是以冷靜的目光，瞄了我一眼，說：「怎麼了?·村上先生。」專業的世界是很嚴格的（其實她是很親切的人）。不過到了第三天之後，我也漸漸習慣稀薄的空氣，開始可以享受洛磯山地爽快的跑步樂趣了。

就這樣能透過跑步，認識各種人，對我來說也是喜悅之一。還有許多人幫助我、鼓勵我。本來應該像奧斯卡金像獎頒獎典禮的時候那樣，向很多人表示謝意的，不過要一一說出名字會說不完，而且我想這和很多讀者可能沒關係，所以僅止於以下這些人。

我所敬愛的作家，瑞蒙·卡佛出過一本短篇集，名叫 *What We Talk About When We Talk About Love*（編按，中譯《當我們討論愛情》，時報出版），本書書名的原型從這裡引申而來。我要感謝慷慨許可的卡佛夫人黛絲·凱拉格。還有也要深深感謝歷經十年以上，一直持續等待我的原稿完成，十分有耐心的編輯岡綠小姐。

最後，我想把這本書獻給到目前為止在世界各地的路上擦身而過的、在比賽中超過我和被我超過的所有跑者。如果沒有你們，我可能也無法像這樣持續跑步。

2007年8月某日

村上春樹

藍小說叢書950

關於跑步，我說的其實是……

作　者—村上春樹
譯　者—賴明珠
副總編輯—葉美瑤
編　輯—邱淑鈴
校　對—小君、邱淑鈴
美術設計—陳文德
企　畫—黃千芳

董 事 長—趙政岷
出 版 者—時報文化出版企業股份有限公司
108019 台北市和平西路三段二四〇號三樓
發行專線—（〇二）二三〇六～六八四二
讀者服務專線—〇八〇〇—二三一七〇五・（〇二）二三〇四—七一〇三
讀者服務傳真—（〇二）二三〇四—六八五八
郵撥—一九三四四七二四時報文化出版公司
信箱—10899 臺北華江橋郵局第九九信箱

時報悅讀網—http://www.readingtimes.com.tw
電子郵件信箱—liter@readingtimes.com.tw
法律顧問—理律法律事務所　陳長文律師、李念祖律師
印　刷—家佑印刷有限公司
初版一刷—二〇〇八年十一月三日
初版五十一刷—二〇二四年八月二十一日
定　價—新台幣二五〇元
（缺頁或破損的書，請寄回更換）

時報文化出版公司成立於一九七五年，
並於一九九九年股票上櫃公開發行，於二〇〇八年脫離中時集團非屬旺中，
以「尊重智慧與創意的文化事業」爲信念。

HASHIRU KOTO NI TSUITE KATARU TOKI NI BOKU NO KATARU KOTO
by Haruki Murakami

Originally published in Japan by Bungei Shunju Ltd., Japan.
Chinese (in complex character only) translation rights arranged with
Haruki Murakami, Japan
through THE SAKAI AGENCY and BARDON-CHINESE MEDIA AGENCY.

照片攝影—小平尚典（書名頁）、景山正夫（彩頁1～3頁）、松村映三（彩頁4～8頁）

ISBN 978-957-13-4936-7
Printed in Taiwan

國家圖書館出版品預行編目資料

關於跑步，我說的其實是…… / 村上春樹著；
賴明珠譯. -- 初版. -- 臺北市：時報文化,
2008.11
面；　公分. --（藍小說；950）

ISBN 978-957-13-4936-7（平裝）

861.6　　97019318